VŒU NON CONSENTI

MARIAGES MAFIEUX LIVRE 4

WILLOW FOX

SLOWBURN
PUBLISHING

Vœu Non Consenti

Mariages Mafieux Livre Quatre

Willow Fox

Publié par Slow Burn Publishing

© 2022

Traduction par berenicehamza

Relecture par marie_frcy

v5

Cover Design by MiblArt

Tous droits réservés.

CHAPITRE UN

OLIVIA

Une fois que vous avez touché le fond, rien ne compte. L'idée de ne pouvoir que remonter la pente, c'est un mensonge.

Vous pouvez toujours tomber plus fort, plus vite, plus loin, directement en enfer.

– Dites-moi pourquoi vous souhaitez faire ça ?

Sa question me prend au dépourvu. Ça ne devrait pas, mais je n'ai pas de réponse qu'il voudra entendre. La vérité n'est pas jolie. Elle est rugueuse et déchirée sur les bords, tout comme je le suis.

Brisée.

Usée.

Abandonnée.

– J'ai besoin d'argent, je dis.

Il va probablement me rayer de sa petite liste.

Il griffonne quelque chose sur son bloc-notes qui se trouve sur ses genoux. Une jambe est repliée sur l'autre.

Il est décontracté, confortable. Bon sang, cet homme pourrait être un mannequin.

Ses yeux se rétrécissent. Il y a une pensée qui passe dans sa tête. Je n'ai aucune idée de ce que c'est et si ça concerne cet entretien ou s'il se demande ce qu'il doit commander pour son prochain repas.

Jace Barone.

Milliardaire. Propriétaire et directeur de Barone Industries.

Il possède un tas de filiales, mais Barone Industries est connu pour sa portée massive dans la technologie à des fins médicales, professionnelles, scientifiques et innovantes. Du moins, c'est ce que j'ai lu dans la brochure en me rendant à son bureau.

Son sourire est étroit. Il a à peine regardé mon CV, sans être impressionné.

– Vous avez des enfants à la maison ?

Pardon ? Quel genre de question est-ce là pour un entretien d'embauche ?

Je serre les lèvres. Ce ne sont pas ses affaires.

– Non.

– Mais vous avez déjà fait ça avant ? Jace demande.

Il referme son classeur en cuir contenant son bloc-notes et tripote son stylo, le tapant contre le grain du cuir noir.

– En général, la personne interrogée explique pourquoi elle devrait être choisie, ce qu'elle a à offrir, à part le physique.

Comment ose-t-il ?

J'ai envie d'effacer cet air suffisant de son visage.

– Écoutez, je suis désolée. C'était une erreur de venir ici, je dis et je me lève.

Ce n'était pas entièrement mon choix, mais je suis là, et j'ai besoin d'un travail, mais je ne peux pas être l'assistante d'un trou du cul de milliardaire. Je n'ai aucune expérience, et il n'est pas du tout professionnel. Étonnamment, il n'a pas été poursuivi en justice.

Ses compétences en matière d'entretien font cruellement défaut et me mettent plus que légèrement mal à l'aise.

– Rasseyez-vous, me grogne Jace.

Je m'affale sur la chaise. Je n'arrive pas à imaginer qu'il va m'engager.

C'est pour me torturer ? Il y a le désespoir, et il y a le pathétique.

Je me sens comme ce dernier.

Il pose son dossier en cuir sur le bureau en face de lui et croise les mains.

– Je m'excuse si je suis un peu sur les nerfs. Ma vie personnelle a été une bataille difficile ces dernières semaines, dit Jace.

Je force un sourire.

– C'est bon.

– Ça ne l'est pas, mais j'apprécie votre considération, dit-il. Maintenant, je veux savoir pourquoi vous aimeriez porter mon enfant.

La couleur disparaît de mon visage. La pièce tourne, et tout ce que je vois ensuite, c'est l'obscurité.

CHAPITRE DEUX

Jace

Elle s'est sérieusement évanouie pendant l'entretien de mère porteuse ?

L'entretien à mon bureau était une mauvaise idée. Je ne peux pas croire que Matteo, mon second, ait eu cette idée.

Je devrais virer son cul.

Une seconde, je suis en train de parler, et elle ne semble pas me prêter attention. Le regard lointain et distant m'a noué l'estomac.

J'ai déjà vu ce regard avant.

Ma petite sœur s'évanouit souvent. Contrairement à la plupart des gens, j'ai appris à voir les signes.

Je bondis de ma chaise et rattrape Olivia avant qu'elle ne se cogne la tête.

Elle cligne des yeux plusieurs fois, et me regarde fixement.

Avec elle allongée sur le sol, je sors mon téléphone pour appeler le 9-1-1.

– C'est embarrassant, murmure-t-elle dans son souffle.

Olivia essaie de s'éloigner de moi pour se lever.

– Restez assise, lui dis-je. J'appelle une ambulance. Vous venez de vous évanouir.

– Je vais bien, dit-elle en se redressant. S'il vous plaît, n'appelez pas d'ambulance.

C'est difficile de ne pas s'inquiéter, et je ne peux pas me permettre d'être poursuivi en justice. Je ne la laisse pas se lever.

– Restez là, j'insiste.

Je m'accroupis à son niveau, en la surveillant de près. La couleur revient lentement sur ses joues. Je prends une bouteille d'eau sur mon bureau. Elle est encore fermée depuis ce matin. Je ne l'ai pas encore ouverte pour moi.

J'enlève le bouchon et je la lui tends.

– Buvez, je commande.

Elle a besoin de rester hydratée.

Ses mains tremblent alors qu'elle porte la bouteille à ses lèvres.

– Vous vous évanouissez souvent ? J'essaie de faire la conversation.

Il est impossible qu'elle soit la mère porteuse de mon enfant si elle a des problèmes de santé qui l'amènent à s'évanouir au hasard dans des endroits étranges.

Elle secoue la tête et grimace.

– Non, je n'ai pas pris de petit-déjeuner.

Je regarde l'horloge sur le mur. Il est presque quatre heures de l'après-midi.

– Et le déjeuner ?

Elle sourit, bouche bée.

– J'ai sauté.

Pourquoi diable n'a-t-elle rien mangé de toute la journée ?

– Je pense que nous avons découvert le coupable, je dis.

Comment peut-elle sauter deux repas ? Elle est inquiète pour son poids ? J'essaie de ne pas la regarder, mais elle a de belles courbes. Elle n'a pas l'air de s'affamer, mais qu'est-ce que j'en sais ? Je viens à peine de passer vingt minutes avec cette femme.

J'attrape mon téléphone, et elle pose une main sur mon poignet.

— S'il vous plaît, je ne peux pas payer les frais médicaux.

Il y a du désespoir dans son ton.

— Laissez-moi envoyer un message à un de mes employés pour qu'il vous apporte quelque chose à manger, dis-je. C'est moi qui paie. D'accord ?

Elle acquiesce à contrecœur.

Tant mieux, je suis content de ne pas avoir à argumenter avec elle et à la convaincre de rester assise pendant que je dois lui faire avaler un repas de force. Ce serait beaucoup moins confortable.

J'annule l'appel original et envoie un texto à Matteo.

Prends-moi du jus d'orange et un sandwich. Le 3:30 vient de s'évanouir dans mon bureau.

Matteo répond. Trois points clignotent sur l'écran avant que mon estomac ne se retourne.

Votre rendez-vous de 15h30 pour une mère porteuse a été annulé il y a quelques heures.

Alors qui est la fille dans mon bureau ?

CHAPITRE TROIS

OLIVIA

Hier matin

Un coup sec est frappé à la vitre de ma voiture, me tirant de mon sommeil.

J'ai dormi dans mon véhicule, sur le parking de Walmart.

C'est le matin et le soleil brille. Il faut quelques instants pour que ma vision s'adapte à la luminosité.

Merde, c'est la mafia.

Luka Caruso, il est le boss de la famille Caruso. Le grand patron. Pourquoi diable un de ses gars ne me harcèle-t-il pas à la place ?

Luka aime faire savoir qu'il est en charge de cette ville.

Mon mari, John, a fait des affaires avec les Caruso. Heureusement pour moi, John est mort, mais il n'a jamais payé sa dette, et elle m'a été transmise.

Même dans la mort, mon mari m'a entubé. C'était un mari de merde, mais il ne méritait pas de mourir. Tard dans la nuit, je me demande parfois si Luka Caruso est responsable de la mort de John.

Je baisse ma fenêtre. Ce n'est pas comme si j'avais le choix en la matière. Même si je fuis, Luka me retrouvera.

Ma bouche est sèche et je m'inquiète de ce qu'il pourrait me faire. Va-t-il me couper les doigts ? Mettre le feu à ma voiture ?

– Je ne l'ai pas. Dès que je trouverai un travail, je te rembourserai, dis-je, désespérée.

Il ne peut pas savoir que je vis dans ma voiture ? Ce n'est pas comme si je conduisais une nouvelle voiture de sport et que je dormais dans un manoir.

Il sort une carte de visite.

– Vous avez un entretien demain. S'il demande, dites-lui que votre ami Avery Seymore vous envoie.

– Tu connais Avery ? Je demande. Mon estomac se crispe.

Elle est aussi dans leur dette ? Je ne l'ai pas vue depuis l'enterrement, celui d'Austin.

Il ne répond pas à ma question.

Pourquoi est-ce que je m'attendrais à ce qu'il me dise quoi que ce soit ? J'ai de la chance qu'il ne m'ait pas encore mis une balle dans la tête. Il le fera si je ne le rembourse pas pour les dettes de mon défunt mari.

Quelle part de la ville la famille Caruso possède-t-elle ?

Je devrais m'enfuir. Quitter la ville. Partir tant que je peux encore, tant que je suis en vie. Ces hommes ne jouent pas à des jeux. Ils assassinent des personnes innocentes.

Je jette un coup d'œil à la carte de visite de Barone Industries. Tout le monde a entendu parler de cette entreprise. C'est l'une des cinq plus grandes entreprises du monde.

– Quel genre de travail est-ce ?

J'ai un CV, mais ce n'est pas comme si j'avais une tonne d'expérience professionnelle.

– Est-ce que c'est important ? Tu as une dette envers les Caruso, et nous sommes venus la récupérer. Convaincs Jace Barone de t'engager, et on te laissera vivre.

– Le milliardaire ? Je couine.

Ce n'est pas un secret, c'est l'un des hommes les plus riches du monde. Comment vais-je le convaincre de m'engager ?

Qu'est-ce que je peux lui offrir qu'aucun autre candidat ne peut lui offrir ?

CHAPITRE QUATRE

OLIVIA

Il y a un changement dans le comportement de Jace Barone. Ses yeux clignotent alors qu'il lit le message texte sur son écran.

– Ce n'est vraiment pas un problème. Je peux y aller, dis-je.

Je n'aurais probablement pas dû admettre que je n'avais rien mangé de la journée. Ce n'est pas que je n'avais pas le temps ou que je ne voulais pas manger.

Je n'avais pas d'argent.

Mon porte-monnaie est vide. Et j'ai vécu dans ma voiture ces deux dernières semaines depuis que j'ai été expulsé. Non pas qu'il ait besoin de savoir ça. Je ne suis pas ici pour l'aumône.

Je suis ici pour un travail et pour réparer une situation déjà mauvaise, pas pour l'empirer.

J'appuie mes mains à plat sur le sol et j'ai l'intention de me lever.

– Rasseyez-vous, ordonne-t-il.

– Donc, je suppose que le travail est hors de question ?

Je ris nerveusement et roule mes lèvres l'une contre l'autre.

Il passe une main dans ses épais cheveux noirs. Ses yeux vert foncé me transpercent. Je déteste l'admettre, mais il est diablement beau. Bien plus sexy que mon dernier flirt, qui m'a mis un bébé dans le ventre. Il est parti à la minute où je suis tombée enceinte et est revenu en courant pour m'épouser une fois que l'enfant est né et qu'il a perdu son travail.

Tu parles d'un amour véritable.

Ça craint.

– Travail, dit-il et il me regarde fixement. (Ses yeux se resserrent, et il y a de nouveau ce scintillement étrange. Ses iris vert foncé sont parsemés d'ambre et d'or. Son regard est hypnotisant.) Pour quel travail pensez-vous être ici ? demande-t-il.

– Maintenant, qui s'est cogné la tête ? Je demande.

Est-ce qu'il me teste et s'assure que je suis cohérent après mon évanouissement ?

– Un poste d'assistant dans votre organisation, Barone Industries, je dis. Mon ami, Avery Seymore, m'a parlé de l'offre d'emploi.

J'abjure exactement ce que Don Caruso m'a dit de dire.

Jace ne doit pas savoir que je suis de mèche avec la mafia.

Personne ne doit savoir la vérité.

– Assistant, il réfléchit aux mots et se caresse la mâchoire. J'ai besoin d'un assistant, mais je ne savais pas que nous embauchions quelqu'un de l'extérieur. (Il secoue la tête.) Je ne connais pas d'Avery, et je dois m'excuser pour ce qui a probablement ressemblé à un interrogatoire tout à l'heure.

– Un tout à fait inapproprié, je pourrais ajouter, je dis.

Est-ce qu'il réalise que le type de questions qu'il a posées pourrait le mettre dans l'eau chaude ? N'importe qui d'autre aurait été viré pour ses questions.

Un coup ferme se fait entendre sur la porte.

– Entrez, dit Jace.

Un autre homme en costume, peut-être plus jeune de quelques années que Jace, mais pas de beaucoup, apporte un sandwich emballé, une bouteille de jus d'orange et un paquet de chips. On dirait qu'il s'est arrêté à la cafétéria et a pris un sandwich tout fait.

Il a l'air délicieux.

J'ai l'eau à la bouche en le voyant.

Je peux peut-être prendre le sandwich et filer. Je n'ai pas envie d'être sous son regard ou de répondre à d'autres de ses questions inappropriées et gênantes.

– Et si vous vous asseyiez à mon bureau ? demande Jace.

Le gentleman qui apporte la nourriture jette un regard particulier à Jace. Il a l'air plus âgé que ce que j'attendais d'un assistant. C'est peut-être pour cela qu'ils recrutent pour ce poste ?

– Ce n'est pas nécessaire, je dis.

Je veux partir aussi vite que possible, mais j'ai l'impression qu'il ne me laissera pas partir tant qu'il n'aura pas dit que je peux partir.

– Je ne demandais pas, dit Jace.

Il m'aide à me lever, un bras autour de ma taille, l'autre sur mon bras alors qu'il me soulève pratiquement.

Je me sens étourdie, mais je ne l'admets pas devant lui. La dernière fois que j'ai eu des vertiges, c'était après l'enterrement.

Jace continue de me tenir, probablement pour s'assurer que je ne tombe pas. Je serais une énorme responsabilité si je me blessais, et bien qu'il soit milliardaire, je suis sûre qu'il ne veut pas avoir à me payer pour que je m'en aille et que je n'en parle jamais.

Il ne reste pas milliardaire en jetant son argent par les fenêtres.

Jace m'escorte jusqu'à son énorme fauteuil en cuir et me fait asseoir à son bureau.

La matière est douce et fraîche. C'est bien plus confortable que ce que j'aurais pu imaginer. Le fauteuil coûte probablement plus cher que la valeur actuelle de ma voiture garée dehors.

Une fois qu'il est sûr que je ne vais pas tomber, il rapproche la chaise du bureau et passe en revue les papiers, mettant tout ce qui est confidentiel dans le tiroir de son bureau, qu'il ferme à clé une fois qu'il a terminé.

La clé, sur son porte-clés, glisse à nouveau dans sa poche.

L'autre gentleman place la nourriture sur le bureau de Jace.

C'est un peu exagéré, mais je prends d'abord le jus d'orange. Mes mains tremblent, et je tâtonne avec le couvercle.

Jace me prend la bouteille, l'ouvre et me la rend.

Je souris d'un air penaud.

– Merci.

– Patron, dit l'autre homme en faisant un signe de tête vers la porte.

– J'ai des choses à régler. Pouvez-vous vous asseoir ici, manger votre déjeuner, et ne pas vous attirer d'ennuis ? Jace demande.

J'ai l'impression qu'il me parle comme si j'étais un jeune enfant. Mais il se met en quatre pour moi, alors j'acquiesce et je bois une gorgée de mon jus d'orange. Je ne veux pas dépasser la durée de mon accueil. Je veux partir, mais il a probablement raison. Si je m'évanouis dans l'ascenseur, qui va m'aider à descendre jusqu'à la voiture ?

Et je n'ai pas les moyens de payer le trajet en ambulance, sans parler d'une facture salée de l'hôpital, ce que je recevrais sans assurance.

Jace se retire du bureau et ferme la porte.

Il se tient de l'autre côté. Je n'ai aucune idée de ce qu'il dit, mais il est assez animé avec son collègue.

Jace a l'air énervé.

Est-ce à cause de moi ?

Est-il contrarié que le gentleman ait pris quelques minutes pour me prendre quelque chose à manger ? Je ne veux pas m'imposer.

Je déballe le sandwich. Bien que je veuille savourer chaque bouchée, je ne peux pas. Je suis affamé.

Un sandwich à la dinde n'a jamais eu un goût aussi délicieux de toute ma vie. Je me moque que le pain soit froid, légèrement rassis et sec.

J'avale le jus d'orange entre les bouchées. Le goût est riche et épais. Doux comme de la mélasse. Et le meilleur, c'est qu'il n'y a pas de pulpe. Cependant, je ne serais pas particulièrement difficile.

Déjà, ma tête se sent à nouveau attachée à mon corps, et le vertige disparaît à chaque minute qui passe tandis que je dévore mon repas gratuit.

Dès que j'aurai fini mon repas, je partirai. Avec un peu de chance, il ne sera pas à la porte et je pourrai m'éclipser pour ne plus jamais le revoir.

CHAPITRE CINQ

Jace

– Qui est la fille ? Matteo demande.

Je suis debout en face de lui juste à l'extérieur de mon bureau. Je peux voir Olivia à travers les stores ouverts. Les stores ont été ajoutés sur mon insistance, pour donner un minimum d'intimité, mais je réalise maintenant qu'il n'y a presque pas d'intimité du tout.

– Olivia Summers. Elle pensait passer un entretien pour un poste d'assistant, dis-je en me passant les doigts dans les cheveux.

Comment est-ce que ça a pu foirer ?

Les joues de Matteo brûlent.

– J'ai merdé, patron. J'aurais dû vous dire directement que votre entretien était annulé.

– Qui a envoyé Mlle Summers en haut dans mon bureau ? Je suis prêt à lui arracher la tête.

– Je vais le découvrir pour vous, monsieur, dit Matteo.

J'expire une grande bouffée d'air, en fixant la fille assise à mon bureau.

Personne ne s'assied jamais dans le fauteuil de Don Barone.

Jamais.

Mais plus je la fixe à travers les stores, plus je réalise que je la veux.

Pas comme assistante. Et certainement pas intimement.

Ne vous méprenez pas, elle est sexy, avec un corps bien galbé, mais je ne mélange pas travail et plaisir. La dernière chose dont j'ai besoin est qu'une fille apprenne mes profonds et sombres secrets.

Ce sont des secrets pour une raison.

Je ne sors presque jamais avec des filles comme ça. Il y a trop de femmes qui cherchent à courir après mon argent. C'est plus facile de jouer sur le terrain.

Plus sûr.

Moins cher.

Je n'ai pas besoin d'une petite amie accrochée à mon bras lors des réceptions. Je suis le patron de Barone Industries. Qui dois-je impressionner ? Personne.

– Je la veux, je dis, en la regardant par la fenêtre.

– Excusez-moi ? Matteo dit et se racle la gorge.

Il s'attend à ce que je dise quelque chose d'autre et fait semblant de ne pas avoir entendu ce que j'ai dit.

Non, il m'a bien entendu.

– Je la veux comme mère porteuse.

– Monsieur, vous ne pouvez pas juste entrer là-dedans et...

– Bien sûr que je ne peux pas.

Je suis Jace Barone. Je fais tout ce qui me plaît. Ça aide que j'aie plus d'argent que nécessaire, et j'ai l'impression que la petite tigresse là-dedans cherche désespérément un travail.

Sauf que ce n'est pas le travail pour lequel elle est venue ici en espérant être embauchée.

– Réfléchissez à ce que vous suggérez, monsieur, dit Matteo.

Il est toujours pondéré. Calme.

Je suis impulsif.

Il est le yin de mon yang. C'est ce qui fait de lui un excellent second.

Mais c'est moi le patron, pas Matteo. Ce qui veut dire que même mes pires idées, je peux les réaliser. Personne ne peut me virer. Bien sûr, j'ai un conseil d'administration avec lequel je dois traiter, mais je ne suggère pas que ce petit tigre vienne travailler pour moi professionnellement.

Bien que ce ne soit pas la pire des idées.

Coucher avec elle, enfouir ma bite dans son étroitesse, c'est la pire des idées.

Et tant pis si je n'arrive pas à garder la tête froide.

La plupart des femmes me courent après. Le fait qu'elle semble immunisée contre qui je suis, c'est sexy comme l'enfer.

Bon sang, elle est sexy. Juste la façon dont elle se porte et n'a pas peur de parler librement. C'est chaud comme le péché.

Je retourne mon attention sur Matteo. Il peut objecter autant qu'il veut. J'arrive toujours à mes fins.

– J'ai des avocats contractuels qui peuvent garantir que tout se passera bien.

– Quand bien même, faire une telle suggestion pourrait être un motif de procès. Cette femme est venue dans votre bureau pour un poste d'assistante, puis vous lui avez suggéré de devenir mère porteuse. Nous avons fait appel à une agence. Ne pensez-vous pas que c'est mieux si nous continuons à faire les choses comme avant ?

Il peut dire à l'agence d'aller se faire voir. Personne ne m'a prévenu que la mère porteuse avait annulé notre rendez-vous. Ils auraient dû me contacter directement, pas mon second, Matteo. C'était probablement un oubli, mais c'est un problème.

– Je pense que je devrais lui demander avant de rejeter complètement l'idée, dis-je en fixant Matteo.

Je n'entends pas la porte du bureau s'ouvrir.

Olivia sort, ses yeux bleu pâle sont larges et brillants. Elle met une mèche de ses cheveux blonds comme des fraises derrière son oreille. Elle est belle.

Époustouflante.

Je peux imaginer le mélange parfait de nos enfants. Bien que j'espère que ce sera un garçon pour poursuivre mon héritage, je serais même heureux avec une petite fille qui lui ressemblerait.

Elle est ce que j'ai cherché.

Bien que peu conventionnel au mieux, je vais lui donner le choix.

La décision lui appartient entièrement.

Mais j'ai toujours ce que je veux.

– Merci pour le déjeuner. Je devrais y aller, dit Olivia, en jetant un coup d'œil entre moi et Matteo.

Ses épaules sont affaissées. Elle essaye d'être invisible, mais ce n'est pas possible.

Je ne pourrais jamais oublier une femme comme elle, et nous venons juste de nous rencontrer.

– Avant de partir, je dis et pose ma main sur son bras.

Je la guide jusqu'à mon bureau et ferme la porte avant que Matteo ne puisse l'interrompre.

Je suis sûr qu'il se mord la langue, voulant crier à quel point c'est une mauvaise idée. Je ne suis pas un idiot. Je n'ai jamais pensé que c'était l'idéal, mais parfois les choses arrivent. Les opportunités tombent à vos pieds, sur le pas de votre porte, et vous devez les saisir.

Je lui donne cette opportunité.

La chance de sa vie.

– Je ne veux pas prendre plus de votre temps. Je suis sûre que vous êtes occupé, et vous avez déjà été trop gentil, dit Olivia. Elle tâtonne avec ses mots.

Il y a une nervosité dans son apparence, qui est douce, attachante. Dans une autre vie, nous aurions pu avoir une chance.

Mais je ne suis pas cet homme, le mari gentil et sain.

Je ne peux pas être cet homme.

Je ne le serai jamais. J'ai accepté mon rôle, mon destin. J'ai passé ma vie à me concentrer sur mon organisation, les industries Barone et la famille, les hommes que je soutiens.

Il n'y a pas de place pour une épouse ou une reine sur le trône.

– J'ai une offre que j'aimerais vous faire, dis-je en m'éclaircissant la gorge.

Les yeux d'Olivia s'agrandissent. Ils sont du bleu le plus brillant que j'ai jamais vu. Ils brillent dans le reflet des fenêtres du sol au plafond qui donnent sur l'océan Pacifique. Il y a du soleil dehors. Un soleil aveuglant aujourd'hui.

– Vous me proposez le poste d'assistante ? demande-t-elle.

– Non, je dis. (Je garde ma voix calme et posée. Je ne veux pas la mener en bateau de quelque façon que ce soit.) Asseyez-vous.

Je fais un geste vers la chaise sur laquelle elle était assise plus tôt pour l'entretien.

Je me perche sur le bord de mon bureau pendant qu'elle s'assoit. De cette façon, je suis assez proche d'elle pour la rattraper si elle s'évanouit à nouveau.

– Vous évanouissez-vous très souvent ? Je demande.

Elle fronce les sourcils.

– Non, c'est la première fois que je m'évanouis, dit Olivia. Je suis désolée. Qu'est-ce que cela a à voir avec l'offre que vous faites ?

Ce n'est pas étonnant qu'elle soit confuse. Je n'ai pas expliqué les choses clairement pour elle.

– Je cherche à engager une mère porteuse, je dis.

– Laisse-moi deviner. Vous n'allez pas engager une assistante ? Olivia demande, la déception se lit sur son visage.

– Pas pour le moment, dis-je en joignant mes mains devant moi. Je cherche une femme qui serait prête à porter mon enfant. Avez-vous déjà eu des enfants ?

– Vous me demandez d'être votre mère porteuse ? Olivia tousse, et j'attrape la bouteille d'eau de tout à l'heure pour la lui offrir. Je suis désolée, je suis juste un peu troublée. Je ne m'attendais pas à ce genre d'offre.

– Je suis prêt à payer la mère porteuse 50 000 dollars par mois, ainsi qu'une bonne allocation pour les vêtements de maternité et tout autre besoin. Les soins médicaux seront payés et fournis par le médecin de mon choix. Je veux le meilleur pour mon enfant.

Elle tire sa lèvre inférieure entre ses dents.

Je l'ai mise mal à l'aise. J'aurais dû le voir venir. Je ne suis pas un idiot, mais lui demander était carrément stupide.

– Avez-vous eu des enfants avant ? Je demande.

L'agence de mères porteuses exige qu'une femme ait eu au moins une grossesse et un accouchement à terme et en bonne santé.

– Oui, un fils, murmure-t-elle. Il est, euh, avec son père.

Je regarde sa main.

– Vous êtes divorcée ?

Je ne vois pas de bague à son doigt.

Ses yeux se crispent, mais elle ne répond pas.

C'est inhabituel pour un père d'avoir la garde complète.

Ne pourrait-elle pas se payer un bon avocat ? Je veux l'aider.

Matteo me crierait dessus pour que je me retire et que je la laisse tranquille. Mais je ne peux pas faire ça. Je ne veux pas faire ça.

– Et si je vous laissais y réfléchir ? je dis.

Je sors une carte de visite de mon portefeuille, je la retourne et je griffonne mon numéro de téléphone portable au dos.

Je lui tends la carte, et elle expire un souffle tremblant.

– Faites-moi savoir ce que vous décidez.

Sans mot dire, elle me prend la carte.

Je la raccompagne hors de mon bureau et jusqu'à l'ascenseur, en m'assurant qu'elle trouve son chemin vers le bas. J'appuie sur le bouton de descente, et elle reste là, à regarder la carte.

L'ascenseur sonne, et elle entre à l'intérieur.

– Réfléchissez-y.

CHAPITRE SIX

OLIVIA

Je dois être folle pour avoir considéré sa demande.

Il veut que je sois une mère porteuse pour son enfant.

C'est de la folie.

J'aurais dû lui dire non. Refuser catégoriquement sur le champ. Je ne suis pas une usine à bébés pour un milliardaire qui veut un enfant.

Mais le salaire est plus élevé que ce que je pourrais gagner en un an et c'est juste pour un mois. Neuf mois de grossesse, c'est beaucoup d'argent pour un boulot temporaire. Peut-être que si je commence à y penser comme à un travail temporaire, ce sera plus facile à démêler dans ma tête.

Dès que je sors du bâtiment, je sors mon téléphone portable et j'appelle Harper.

Je n'ai pas parlé avec elle depuis quelques semaines. Nous étions les meilleures amies quand nous étions enfants. Elle a déménagé à Breckenridge pour être avec le garde du corps sexy qu'elle a rencontré sur le tournage d'un long métrage. Ils se sont installés et ont fondé une famille.

J'ai négligé de garder le contact avec elle. En plus, elle a été très occupée par son célèbre style de vie hollywoodien. Mais on s'appelle toujours pour les anniversaires et Noël.

Si elle savait les problèmes que j'avais avec la mafia et que je vivais dans ma voiture, elle viendrait à Los Angeles pour me sauver.

Mais je n'ai pas besoin d'être sauvée, et je ne cherche pas l'aumône.

Jace Barone n'a pas dit que je devais garder son offre secrète. Je veux dire, même s'il le faisait, quelqu'un découvrirait inévitablement qu'il a un enfant.

Ce sera en première page des journaux.

Il est toujours dans les nouvelles, constamment bombardé par les médias.

Mon estomac fait des culbutes.

C'est à ça que je dois m'attendre si je dis oui ? Jace est célèbre, et les projecteurs semblent le suivre partout. En bien comme en mal.

J'appelle Harper, mais elle ne répond pas. Je lui laisse un bref message, lui demandant de me rappeler au plus vite. Je n'indique pas pourquoi. Ce n'est pas que je pense que les téléphones sont sur écoute, mais comment lui dire que l'un des hommes les plus riches du monde m'a demandé de porter son enfant en tant que mère porteuse ? C'est un peu fort et ça risque de lui donner une crise cardiaque.

En marchant vers ma voiture, je retourne la carte de visite, fixant son nom en lettres dorées qui scintillent sous le soleil de l'après-midi.

– Tu veux vraiment que je porte ton enfant ? Je me murmure à moi-même.

Suis-je folle de penser que je pourrais aller jusqu'au bout ?

Il y a beaucoup d'argent en jeu, et j'ai vécu dans ma voiture. Je serais folle de dire non. Bien sûr, c'est encore plus fou pour moi d'accepter.

Je déverrouille ma voiture et m'assois sur le siège avant. Je retourne la carte de visite et compose son numéro. Je ne suis pas partie depuis dix minutes, mais je ne peux pas prendre le risque qu'il change d'avis.

J'ai besoin d'argent, et c'est la meilleure opportunité pour un nouveau départ. Quand j'aurai fini, je pourrai prendre l'argent et laisser cette ville derrière moi. Ensuite, j'irai à Breckenridge et je verrai mon ancienne camarade de lycée. On était pratiquement inséparables. Les maisons doivent être moins chères au milieu de nulle part, Montana.

La vie doit être plus simple, aussi.

Ce sera parfait.

Je compose son numéro de téléphone et m'attends à tomber sur la messagerie vocale. C'est le PDG d'une entreprise milliardaire. Je doute qu'il ait le temps de prendre mon appel.

Il répond à la première sonnerie.

– C'est Jace.

Je ne peux pas perdre mon sang-froid. Je suis prête à raccrocher. Mon estomac s'enfonce et mon cœur bondit hors de ma poitrine. Je pourrais vomir.

– Allô ? dit-il, face à mon silence.

Je dois rassembler toutes mes forces pour trouver le courage de parler.

– Je vais le faire, je murmure.

– Olivia ?

Bien sûr, il ne reconnaît ni mon numéro ni ma voix.

– Oui, c'est Olivia Summers. Je vais le faire, je dis.

Je jurerais qu'il a un sourire sur le visage. Peut-être que je l'ai juste imaginé.

– Bien. J'ai besoin que vous passiez pour remplir quelques papiers.

– A votre bureau ? Je demande, ma voix grince.

Je ne suis pas encore partie. Je pourrais retourner à l'intérieur et m'occuper de toutes ces choses fastidieuses maintenant. Le plus tôt sera le mieux. Je veux mettre un toit sur ma tête.

– Non, ma maison, dit-il. Je vous enverrai l'adresse par SMS. Que diriez-vous de lundi après-midi ou soir ?

C'est dans quatre jours.

Ça semble être une éternité. Je n'ai pas d'argent dans mon portefeuille, et mon réservoir d'essence commence à être bas - quatre jours sans un repas décent. J'aurais dû garder la moitié du sandwich qu'il m'a donné.

– Une chance qu'on puisse le faire plus tôt ?

Peut-être que je peux le convaincre de me donner une avance sur ma paie. J'ai désespérément besoin de cet argent, et je ne vais pas tomber enceinte du jour au lendemain. Ce n'est pas comme ça que ça marche.

– Le lundi ne convient pas à votre emploi du temps ? Je vais contacter mon avocat et lui demander de finaliser la paperasse, dit Jace.

Il est tout en affaires. Je ne peux pas l'imaginer être un père. Il semble trop occupé avec Barone Industries pour élever un enfant, mais les hommes occupés ont des enfants.

– Peut-être que nous pourrions nous rencontrer ce soir pour discuter des détails. Je n'ai jamais été mère porteuse avant, et à part les bases pour mener une grossesse à terme, je ne sais pas ce que vous attendez de moi.

– Très bien. Venez ce soir vers 8 heures. Je vous enverrai l'adresse par SMS. On pourra passer en revue les détails et toutes les questions que vous avez.

Je pousse un soupir de soulagement.

– Super.

Peut-être que je pourrais piquer de la nourriture dans son frigo pendant que je suis chez lui.

CHAPITRE SEPT

Jace

– Vous n'auriez pas dû lui demander d'être une mère porteuse, dit Matteo. (Il croise ses bras sur sa poitrine.) C'est une catastrophe en attente de se produire.

Je ferme la porte de mon bureau pour que personne d'autre ne puisse entendre la conversation entre nous.

– Je suis conscient des risques. Mais la fille, elle a manifestement des problèmes.

En plus, c'est sa faute si c'est arrivé. S'il n'avait pas proposé à l'agence de prendre rendez-vous à mon bureau, il n'y aurait jamais eu de malentendu.

Je blâme Matteo.

– Et vous pensez que lui proposer d'être une mère porteuse et lui balancer des milliers de dollars, c'est quoi, la réponse à ses problèmes ?

– L'argent résout beaucoup de problèmes, je dis. Il y a des hommes qui me tueraient pour ma position.

Matteo roule les yeux.

– Pas parce que vous êtes le PDG de cet endroit.

Je lui lance un regard furtif pour surveiller son ton. Non pas qu'il y ait une surveillance ou que l'endroit soit sur écoute, mais on n'est jamais trop prudent.

Je ne dirige pas seulement une société, je dirige aussi la mafia. Je suis le chef de la famille. Mes hommes m'appellent Don Barone.

– Quoi qu'il en soit, elle a appelé et a dit oui. J'ai accepté de la rencontrer ce soir pour lui exposer mes attentes et m'assurer qu'elle est d'accord à cent pour cent avant de signer les papiers.

Je m'approche de mon bureau et déverrouille le tiroir, récupérant le dossier ainsi que le classeur en cuir dans lequel j'avais griffonné pendant son entretien.

– Vous n'êtes pas le moins du monde inquiet que ce soit un coup monté ? Matteo demande.

Il est toujours un peu paranoïaque. C'est un homme bon, digne de confiance, mais ses instincts ne sont justes que la moitié du temps. C'est comme un frère pour moi, mais je n'ai pas de frère biologique.

Je n'ai qu'une sœur, qui a six ans de moins. On ne se parle pas. Elle déteste ce que je fais dans la vie, elle me méprise. Je ne suis pas trop fou d'elle non plus.

Un froncement de sourcils se dessine sur mon visage.

– Un coup monté. Comment, exactement ? Elle est venue pour un poste d'assistante.

– Oui, un poste d'assistante qui n'existe pas.

– Tu ne l'as pas fait venir ? Tu parles toujours de m'engager un assistant ici. Comment j'ai besoin de quelqu'un qui s'assure que je ne manque aucune réunion du conseil et qui peut envoyer et répondre aux e-mails pour moi.

– Eh bien, j'en ai peut-être parlé aux RH, mais je suis sûr d'avoir expliqué que ce serait un poste interne. Pas quelqu'un de la rue, dit Matteo.

J'ouvre le classeur en cuir et jette un coup d'œil au nom que j'ai noté pendant l'entretien avec Olivia.

– Connais-tu une Avery Seymore ?

– Oui, elle travaille dans le département de la comptabilité, dit Matteo. Elle est de niveau I, elle est là depuis peut-être trois ans. Jeune, brillante, un peu trop enthousiaste, mais elle travaille dur.

– Olivia a mentionné son nom pendant l'entretien. Elle a dû lui parler du poste d'assistant. Je suis toujours perplexe sur la façon dont nos fils se sont croisés.

– C'est ma faute, et je vous assure que ça ne se reproduira pas.

Je ferme le classeur en cuir.

– Bien.

————

Je prends le dîner en rentrant chez moi. Il est presque 20 heures et je n'ai pas le temps de préparer un repas sain, surtout pas avant l'arrivée des invités.

Enfin de l'invitée : Olivia Summers.

J'ai les mains moites et l'estomac qui bouillonne.

Pourquoi suis-je nerveux ?

Elle pourrait me rejeter, me poursuivre en justice, m'humilier et essayer de détruire la réputation que j'ai bâtie.

Mais ce n'est pas ça qui me perturbe.

C'est le fait qu'une femme avec qui je n'ai jamais passé de temps soit parfaite. Elle éveille en moi un désir que je ne peux pas expliquer. Il y a une ligne que je ne pourrai pas franchir avec elle.

Le sexe n'est pas sur la table.

Avec les précédentes mères porteuses que j'ai rencontrées, je n'aurais jamais envisagé de franchir cette limite.

Mais j'ai aussi décidé contre chacune d'entre elles. L'une était mariée. La seconde était une journaliste qui essayait d'obtenir une histoire.

Elles ne correspondaient pas à l'image ancrée dans mon esprit de ce que je voulais.

– Vous pensez honnêtement qu'une mère porteuse traditionnelle est la solution ? Matteo demande. Elle pourrait revendiquer un droit sur l'enfant, et les choses pourraient se gâter. Sans vouloir vous offenser, patron, vous êtes riche à souhait. N'importe quelle femme pourrait facilement profiter de votre générosité.

Est-ce qu'il me prend pour un idiot ?

– Et pourquoi penses-tu que je fais ça par le biais d'une mère porteuse au lieu de mettre en cloque la prochaine fille avec qui je couche ? Je suis prudent.

Je balaie les papiers des candidats sur le côté de mon bureau.

Matteo se tient sur le côté opposé tandis que je m'assois derrière le bureau dans mon fauteuil en cuir.

Confortable.

Bien que je ne sois pas le moins du monde détendu.

J'ai été stressé en pensant au fait que je n'ai pas d'héritier. Aucun enfant pour hériter de mon nom ou diriger la famille Barone quand je ne serai plus là. Bien que je n'aie pas l'intention que ce jour arrive bientôt, j'aimerais savoir que j'ai un fils qui suivra mes traces.

– Ces candidates sont des ordures, je dis, en fixant Matteo du regard. N'importe qui peut mentir sur le papier.

– Monsieur, commence Matteo, et je le coupe.

Je ne veux pas de ses excuses.

Il n'y a qu'un seul moyen pour moi d'être sûr que la mère porteuse a raison.

La moitié de l'ADN de mon enfant viendra de la mère. Je ne peux pas me fier aux statistiques et aux réalisations d'une donneuse d'ovules.

Je dois voir la mère de mes propres yeux, déterminer si elle me convient et si mon enfant peut bénéficier de sa génétique.

Il ne s'agit pas de la couleur de ses cheveux ou de la teinte de ses yeux. Ces choses n'ont pas d'importance pour moi.

C'est l'entêtement et la ténacité que je recherche chez une femme, un feu et une étincelle qui ne faiblissent pas. J'ai besoin d'une héritière qui ne recule pas devant l'ennemi.

Ce type de personnalité ne se révèle pas sur un bout de papier.

– Je veux rencontrer la mère porteuse, passer du temps avec elle, savoir sans aucun doute qu'elle est la bonne personne pour me donner un enfant.

– Ai-je mentionné que je suis contre ça, patron ?

– A plusieurs reprises.

Une bicorps bleu foncé est garé devant la rue.

Je passe devant mais ne vois personne à la place du conducteur. J'appuie sur la sonnette, ouvre le portail en fer forgé et me gare dans l'allée.

Je jette un coup d'œil dans le rétroviseur pour m'assurer que les portes en métal sont bien fermées avant de faire le tour du garage et de fermer les portes.

Je sors de la voiture, je prends les plats à emporter et me dirige vers l'intérieur de la maison.

Les lumières s'allument automatiquement.

Je désarme l'alarme et me dirige vers la cuisine pour prendre la vaisselle, l'argenterie et quelque chose à boire.

Il n'est pas encore tout à fait huit heures, mais ce doit être la voiture d'Olivia garée devant. Je ne reconnais pas le véhicule, et il est vieux et cabossé. Elle pourrait utiliser l'argent de la maternité de substitution pour s'offrir une nouvelle paire de roues.

Peut-être que je peux adoucir l'affaire si elle est sur la barrière. Lui proposer d'acheter une voiture.

Est-ce que ça serait dépasser les bornes ?

Comme si je n'avais pas déjà été inapproprié en suggérant qu'elle devienne mère porteuse.

Je me pince l'arête du nez.

Parfois je parle avant de penser. C'est un mauvais trait qui pourrait me détruire. Dans mon cas, ça m'a permis d'obtenir la plupart des choses que je voulais dans la vie. Et le peu de choses que je n'ai pas eu, eh bien, j'ai ma famille pour m'aider avec ça.

Ma famille mafieuse.

Ma famille biologique est morte pour moi. Enfin, ma sœur, c'est tout ce qui reste des Barone, et elle m'a trahi.

Je laisse le sac de nourriture sur la table et je me dirige vers l'extérieur. Est-ce qu'Olivia est partie se promener ?

Après avoir déverrouillé le portail, je sors et je remarque que sa tête sort de la banquette arrière.

Est-ce qu'elle dormait dans sa voiture ?

Je m'approche de son véhicule alors qu'elle ouvre la porte arrière et en sort. Elle a beaucoup de vêtements sur la banquette arrière, un oreiller et une couverture aussi.

– Vous vivez dans votre voiture ? Je demande.

Ses joues brûlent alors qu'elle me regarde, évitant le contact visuel.

– Non, je faisais juste une sieste jusqu'à ce que ce soit l'heure de notre réunion, dit Olivia.

– Venez à l'intérieur, dis-je en la faisant passer par le portail ouvert et en la faisant entrer dans la maison. J'ai apporté le dîner à la maison. Il y en a plein, et je vais vous préparer une assiette.

– Ce n'est pas nécessaire, dit Olivia.

– Vous avez déjà dîné ?

Je ferme la maison à clé, j'enclenche l'alarme avant d'attraper une deuxième assiette pour elle.

– Euh, non. Pas encore. C'est bon. J'ai eu un gros déjeuner. (Ses yeux s'écarquillent quand elle réalise ce qu'elle a dit.) Je veux dire, le sandwich que j'ai mangé était il y a seulement quelques heures.

–Vous allez manger avec moi.

Je sors les plats à emporter, j'ouvre les couvercles en plastique et je les pose sur le comptoir. Je prends suffisamment de fourchettes, une pour chaque plat, puis je me prépare une assiette.

Olivia reste là, à regarder la nourriture.

Ne va-t-elle pas se servir ?

– Tenez, je lui tends l'assiette que je lui aie destinée et je distribue rapidement le dîner dans une deuxième assiette pour moi.

Si elle est timide, elle n'a pas à l'être.

– Venez, asseyez-vous à la table.

Je l'accompagne dans la salle à manger, apportant deux bouteilles d'eau avec moi.

La pensée de l'alcool me traverse l'esprit, mais je veux qu'elle soit sobre pour notre discussion.

– Merci pour le dîner, dit-elle en s'asseyant. Vous n'aviez pas besoin de faire ça.

J'ai l'impression qu'elle n'aurait pas mangé si je ne l'avais pas fait.

– Ce n'est pas un problème, j'insiste. Dites-moi, Olivia, qu'est-ce qui vous pousse à vouloir être une mère porteuse ?

J'ai besoin de savoir qu'elle ne fait pas ça uniquement pour l'argent. Qu'elle veut porter mon enfant. Ce n'est pas une mince affaire.

Son regard se pose sur son repas alors qu'elle dévore avec appétit la nourriture dans son assiette.

– Je devrais probablement vous dire ce que vous voulez entendre, comment je peux vous donner quelque chose que vous ne pouvez pas faire par vous-même. La joie d'apporter une vie dans ce monde. Comment je peux vous donner quelque chose que l'argent ne peut pas comparer, mais la vérité est que mes raisons sont plus égoïstes.

– Donc, c'est à propos de l'argent.

J'ai besoin de son honnêteté, et mon regard rencontre le sien.

– Oui. Non, dit-elle en tâtonnant avec ses mots.

– C'est quoi ? Je demande, en l'étudiant.

Je veux la vérité.

Elle met une mèche de cheveux derrière son oreille et lève brièvement les yeux avant de prendre une autre bouchée du dîner, cette fois-ci en s'attaquant à ses légumes.

Les légumes étaient un peu fades à mon goût, trop cuits, et pas très bons.

Elle les mange comme si elle ne savait pas quand elle aurait son prochain repas.

C'est une sans-abri ? Ou elle a juste un bon appétit ? Elle a seulement eu un sandwich et un paquet de chips plus tôt. Pas grand-chose pour une journée entière de calories.

A moins qu'elle ne soit déjà enceinte ? Parce que ce serait un problème. Cependant, le médecin lui fera passer un examen complet et un bilan de santé avant de commencer la procédure.

– Mon fils me manque. Faire ça n'est pas complètement désintéressé. La grossesse était l'un de mes moments préférés avec mon fils.

– Il est avec son père, c'est bien ça ?

Elle l'a mentionné plus tôt au bureau. Je ne peux pas imaginer quel genre d'homme éloigne son enfant de sa mère. Olivia ne semble pas être instable, sauf peut-être financièrement.

C'est pour cela qu'elle n'a pas la garde de son fils ?

Elle prend son eau et boit une gorgée. Je ne peux pas dire si elle évite ma remarque ou si elle a soif. C'est probablement un sujet sensible. Il le serait pour moi si quelqu'un d'autre avait la garde de mon enfant, ce qui n'arrivera jamais.

Une autre raison de ne pas avoir une relation de style traditionnel.

– Qu'est-ce que je dois savoir ? demande Olivia.

Je m'assois en face d'elle et termine mon dîner.

– Vous devrez passer des tests médicaux pour vous assurer que vous n'êtes pas déjà enceinte et que vous êtes en bonne santé.

– Et c'est vous qui allez payer ? Sa voix est douce, hésitante.

Elle semble nerveuse.

Est-ce parce que je l'intimide, ou parce qu'elle a quelque chose à cacher ?

Je bois une gorgée d'eau et j'acquiesce.

– Oui, toutes vos dépenses seront couvertes. Où habitez-vous ? Je demande.

Ses yeux s'écarquillent, et elle tend la main vers son eau.

– Avec un ami.

Elle ne répond pas à mon regard.

Je ne la crois pas. L'oreiller et la couverture dans sa voiture sont des signes évidents de détresse.

– Je vais vous trouver un appartement.

– Je ne pourrai pas me permettre...

Je l'interromps avant qu'elle ne puisse terminer.

– Je m'occupe des dépenses.

– C'est très généreux de votre part, monsieur.

– Jace, je dis. Appelle-moi Jace. Tu resteras dans l'appartement jusqu'à ce que tu sois enceinte de moi. À ce moment-là, après le premier trimestre, je m'attendrai à ce que tu vives ici, sous mon toit. Tu auras, bien sûr, ta propre chambre et ta propre salle de bain.

– Tu veux que j'emménage avec toi ? Sa langue sort et effleure ses lèvres cerises.

Ses joues rougissent tandis qu'elle parle.

– Ça fait partie de l'arrangement, j'explique. Je t'assure que tu auras ton intimité, mais je veux faire partie de l'expérience d'avoir un enfant.

Elle redresse ses épaules et expire une douce respiration. La nervosité semble se dissiper de son corps.

– Ce n'est pas comme ça que fonctionne une mère porteuse.

Son ton est plus fort, beaucoup plus audacieux.

Elle n'a pas tort, mais je ne suis pas non plus le gars typique. A-t-elle besoin qu'on lui rappelle ce que je lui offre ? Est-ce que ça va l'inciter à dire oui ?

– Tu as raison. Cependant, la plupart des mères porteuses gagnent aussi vingt-cinq mille dollars au total. J'offre le double de cette somme par mois.

Elle pensait qu'il n'y aurait pas de conditions liées à l'argent et que je lui paierais une somme exorbitante juste parce que je suis riche ?

Olivia prend une grande inspiration. Ses joues sont aussi rouges que ses lèvres, et elle a l'air de rougir. La pièce n'est pas excessivement chaude ou inconfortable.

– A propos de l'argent. Est-ce que tu t'attends à ce que quelque chose d'intime se passe entre nous ?

Je souris. Peut-être que le rougissement est dû à sa question.

Veut-elle que quelque chose d'intime se passe entre nous ?

Je ne peux pas nier qu'elle est attirante, mais je peux refuser d'agir sur ces désirs.

– Non, comme je l'ai expliqué, tu auras ta propre chambre. Je veux juste que toi et mon enfant soyez sous mon toit. Je veux que mon fils reconnaisse ma voix.

– Ou fille, murmure Olivia.

– Oui, ou fille. Bien que je veuille un garçon, je me contenterai de l'un ou l'autre. Une fille signifierait juste que je devrais à nouveau engager une mère porteuse. Je vais te demander de renoncer à tes droits parentaux. J'ai un avocat qui rédige les papiers. (Je ne peux pas prendre le risque qu'elle change d'avis et décide qu'elle veut la garde de l'enfant.) Y a-t-il autre chose que tu veuilles retirer de cet arrangement ? Je demande.

Pour une femme qui a déjà perdu la garde de son enfant, je suppose qu'elle va chercher un conseil juridique et me demander de l'aide. Je connais les meilleurs avocats de Los Angeles.

– Tu es déjà très généreux, dit-elle. Je déteste demander, mais serait-il possible que je puisse avoir une avance, au moins partielle ? Le réservoir d'essence de ma voiture est bas et...

Je lève une main, l'empêchant de finir sa phrase.

– Ce soir, tu resteras dans la chambre d'amis. Demain, je te ferai emménager dans l'un des appartements que nous possédons. Nous te donnerons une petite allocation d'avance pour couvrir les dépenses mineures jusqu'à ce que tout soit finalisé.

Je ne suis pas un monstre, mais je ne veux pas non plus qu'on profite de moi.

CHAPITRE HUIT

OLIVIA

Je me retire pour la nuit peu de temps après le dîner et notre discussion sur la maternité de substitution.

Il me montre la salle de bain, et je suis soulagée d'avoir une douche chaude. J'ai utilisé les installations du camping pour me laver. C'est assez loin de la ville, ce qui ne m'a pas aidé à économiser du carburant.

La douche est paradisiaque. L'eau chaude se déverse sur moi. Je prends plus de temps que je ne le devrais et je finis par laver chaque parcelle de saleté de ma peau. Je ne suis pas si sale physiquement, mais je me sens dégoûtante jusqu'à ce que tout se déverse dans l'évacuation.

Je me glisse sous les couvertures. Le lit est ferme, et les draps sont frais.

Il y a un silence qui remplit la pièce, sans trafic passant constamment par la route.

Il n'y a pas de sons du tout. C'est difficile de s'endormir au début, dans une chambre inconnue, mais c'est agréable d'avoir un lit et de ne pas avoir à dormir dans ma voiture.

J'avais trop peur de demander combien je devrais à Jace si je n'arrivais pas à concevoir. Je suis encore très jeune, vingt-quatre ans, et je devrais être capable d'avoir un autre enfant.

Mais si je ne peux pas ?

Et si je ne tombais pas enceinte ?

Je me réveille le jour suivant. La maison sent le bacon et les œufs. En sortant du lit, je dévale les escaliers jusqu'à la cuisine.

Pour un milliardaire, sa maison est relativement normale. Elle est plus grande que l'appartement où j'habitais, mais l'endroit ne fait probablement pas plus de deux cents mètres carrés. Modeste pour un homme qui gagne plus d'argent en un mois que je n'en gagnerai dans toute ma vie.

– Bonjour, dit Jace, debout devant la cuisinière. Il porte un pantalon de survêtement bleu foncé et un t-shirt blanc.

Il a l'air sexy.

Mais je ne peux pas laisser mes pensées aller là. C'est une mauvaise idée. C'est strictement professionnel, rien de plus, et l'occasion d'un nouveau départ.

– Bonjour, je dis. Je pensais que tu serais déjà au travail.

– J'y vais un peu plus tard ce matin. Je veux m'assurer que tu t'installes dans ton appartement ce matin. Matteo va passer ici avec les clés de ton appartement.

– Oh, c'est gentil de sa part.

Je n'ai aucune idée de qui est Matteo, mais je suis contente d'avoir un toit au-dessus de ma tête.

– De plus, mon avocat m'a envoyé un texto ce matin et on peut avoir les papiers prêts d'ici la fin de la journée. Si tu veux qu'on se rencontre ce soir, on pourra les examiner ensemble et signer les documents.

– Oui, bien sûr, je dis.

Je n'ai pas d'autre endroit où aller. Le plus tôt sera le mieux.

– Ça te dérange si je prends quelque chose à boire ? Je demande.

– Il y a du jus d'orange, du lait et de l'eau dans le frigo. Le café est dans la carafe.

– Les tasses pour le café sont où ? Je demande.

Je ne suis pas familière avec la disposition de sa cuisine, où il range tout.

Il se dirige rapidement vers la cafetière et, au-dessus, ouvre le meuble, récupérant une tasse.

– Tiens.

Il se dépêche de retourner à la cuisinière, retournant le bacon.

– Merci, je dis.

Je verse une tasse de café et ouvre le réfrigérateur, prenant une bouteille de crème aromatisée. Mon préféré. C'est comme si cet homme connaissait le chemin qui mène directement à mon cœur.

– J'ai un problème avec l'accord.

Bien que je ne l'aie pas encore vu, j'ai besoin de savoir que je ne serai pas sur la ligne de milliers de dollars, lui devant de l'argent si je ne peux pas concevoir.

– Oui ? demande-t-il en me regardant.

Il attend que je développe.

Je vais être malade. La bile me monte à la gorge.

Je ravale ma nervosité et sirote le liquide brûlant. L'amertume est un plaisir bienvenu.

– Si je ne peux pas concevoir, est-ce que je te devrai l'appartement, les frais médicaux, tout ce que tu fais pour moi ?

Je ne peux pas le regarder.

Je fixe ma tasse, les yeux baissés vers le sol, gênée de ne pas avoir les moyens de prendre soin de moi.

Jace soupire et pose la spatule. Il s'approche, me surplombant.

Jace est grand. Il fait honte aux joueurs de la NBA. Je sens sa présence même sans lever les yeux et le voir.

– Regarde-moi, Olivia.

Il me faut toute ma force pour lever les yeux, juste un peu.

– Même si j'espère que tu pourras tomber enceinte, je ne suis pas un homme déraisonnable. Je comprends que cela prend du temps, et je ne t'en voudrai à aucun moment. C'est parce que je veux m'assurer que tu as un toit sur ta tête. Tu ne me dois rien du tout. D'accord ?

– Ok.

Il semble trop beau pour être vrai.

Trop gentil.

Trop irréaliste.

Je regarde fixement ses yeux verts. J'ai envie de l'embrasser. Mais est-ce que je devrais ?

CHAPITRE NEUF

OLIVIA

En fixant son regard, je me penche vers lui. Je me sens hypnotisée par son charme. Je veux l'embrasser, goûter ses lèvres. Il est beau, plus beau que tous les autres hommes avec qui j'ai été, et sacrément plus riche.

Au lieu de cela, je fais un pas en arrière, essayant de m'éloigner, ayant besoin d'espace. Je ne peux pas laisser ma tête dériver dans les nuages, prétendre que c'est quelque chose qui ne l'est pas.

C'est une transaction commerciale. Et c'est tout.

Je trébuche sur mes propres pieds et renverse mon café sur moi et sur son plancher en bois.

Un cri s'échappe de mes lèvres, ainsi qu'un juron.

Je ne laisse pas tomber ma tasse, elle est toujours dans mes mains, mais elle éclabousse son contenu partout.

Y compris mon t-shirt blanc.

– Tu vas bien ? La voix de Jace est chaude et remplie d'inquiétude.

Je retire le t-shirt humide de mon corps, le liquide étant douloureusement chaud contre ma peau. Je fais tout ce qui est en mon pouvoir pour ne pas arracher mes vêtements.

Il m'arrache son t-shirt et me le tend.

– Mets ça.

– Devant toi ? Je couine.

– Ou va dans la salle de bain. Ce n'est pas comme si je n'avais jamais vu de seins avant.

Eh bien, il n'a pas vu mes seins. Je préfère que ça reste ainsi.

Il éteint la cuisinière et prend un chiffon de cuisine pour essuyer le sol avant de se précipiter dans sa chambre.

Pendant qu'il est hors de vue, j'enlève ma chemise et j'enfile son t-shirt. C'est chaud et ça sent uniquement Jace. C'est un parfum musqué, terreux et propre.

J'essaie de ne pas prendre une énorme bouffée, mais l'odeur m'entoure, et honnêtement, ça ne me dérange pas.

J'aime ses phéromones, ou ça fait trop longtemps que je n'ai pas fait l'amour.

Probablement les deux.

————

Après le petit-déjeuner, je m'habille, et Jace me tend les clés.

Matteo les a déposées pendant que je me préparais dans la salle de bain.

Jace griffonne l'adresse de l'appartement.

– Tu as besoin d'un itinéraire ?

– Je peux chercher l'endroit sur mon téléphone, je dis.

Je ne veux pas le déranger plus que je ne l'aie déjà fait. N'a-t-il pas besoin d'être au travail ? Il a une énorme entreprise à gérer, et je me mets en travers de son chemin, l'empêchant de faire son travail.

– Ok. Je te contacterai pour les papiers, les rendez-vous chez le médecin et tout ce dont tu as besoin. Matteo travaille pour moi, et si tu ne peux pas me joindre pour une raison quelconque et que c'est une urgence, tu peux toujours le contacter.

Il note le numéro de téléphone de Matteo.

Je ne suis pas sûre du type d'urgence que je pourrais avoir, mais je souris et j'acquiesce, en essayant de montrer mon appréciation.

– Merci, je dis.

Jace me raccompagne, ouvrant les portes en fer forgé pour que je puisse partir.

– Cet endroit est pratiquement une forteresse, je dis.

– C'est le but.

Je sors mes clés de voiture et déverrouille la porte d'entrée pour l'ouvrir. Je suppose que la sécurité est due au fait qu'il est milliardaire, mais je m'abstiens de le mentionner. Il est inutile de rappeler à cet homme qu'il pourrait se baigner dans une baignoire remplie d'argent.

S'inquiète-t-il du fait qu'il pourrait faire l'objet d'une demande de rançon ou que sa maison soit cambriolée parce qu'il a assez d'argent pour acheter l'État de Californie tout entier s'il était à vendre ?

Je suis surprise qu'il ne possède pas d'île. Un endroit calme et isolé.

Peut-être qu'il en possède une, et que je ne le sais pas ? Ce n'est pas comme s'il me racontait ses secrets, se révélait à moi. Il n'a pas besoin de le faire. Je travaille pour lui, pas l'inverse.

Jace se tient à quelques mètres de moi et me regarde monter dans ma voiture. Il croise ses bras sur sa poitrine. Ses yeux se resserrent, et il secoue la tête, venant du côté du conducteur.

Est-ce que j'ai oublié quelque chose ?

Il se penche au moment où je démarre le moteur.

Je baisse ma vitre et attrape mon téléphone pour entrer l'adresse dans le GPS.

Jace jette un coup d'œil au tableau de bord.

– Tu as assez d'essence pour aller à l'appartement ?

Je ne sais pas encore quelle distance il y a à parcourir jusqu'à l'endroit où je vais.

– Laisse-moi voir, dis-je et je tape l'adresse qu'il m'a donnée.

C'est à quelques kilomètres, avec le trafic vingt-cinq minutes, c'est ce que le GPS estime sur l'écran. Il me reste moins d'un huitième de réservoir. Le témoin de réservoir vide ne s'est pas encore allumé.

Je devrais arriver jusqu'à l'appartement, mais partout ailleurs, ce sera difficile jusqu'au jour de paie.

Jace passe la main par la fenêtre ouverte et me tend un billet de cent dollars.

Je ne l'ai même pas vu regarder dans son portefeuille. J'étais trop occupé à taper l'adresse de l'appartement où il m'envoyait.

– Prends-le, dit Jace, en me proposant l'argent que j'ai demandé hier soir pour couvrir l'essence de la voiture.

– Seulement si c'est prélevé sur ma paie.

Je m'exécute et récupère le billet de ses doigts, le glissant dans mon portefeuille. Même si je ne cherche pas à faire l'aumône, je suis soulagée qu'il veuille bien m'aider en me donnant une avance.

Il me fait un sourire en coin.

– Ne t'inquiètes pas. Tout le contrat sera établi, y compris le calendrier des paiements, les attentes et les exigences contractuelles. Je passerai ce soir à ton appartement avec la paperasse, dit Jace.

Il donne l'impression que c'est assez accablant.

– Est-ce que j'ai besoin d'un avocat ? Je demande.

Ce n'est pas comme si j'avais l'argent pour en prendre un, mais je ne veux pas me prendre la tête à nouveau. Je paie encore le prix de la dernière erreur que j'ai faite, épouser John.

Je pensais avoir besoin de lui dans ma vie pour m'aider à élever mon fils, mais il n'a fait qu'empirer les choses.

Bien pire.

– Je vais tout revoir en détail avec toi, mais si tu veux amener un avocat, je ne t'en empêcherai pas. Je passerai ce soir en sortant du travail. Je t'appellerai quand je serai en route.

– D'accord, je dis.

Je n'ai pas les moyens de payer un avocat.

Il s'éloigne de ma voiture, et je remonte manuellement la vitre avec la manivelle. Mon véhicule n'a rien d'extraordinaire. C'était un modèle bas de gamme, le moins cher que je pouvais me permettre.

————

Après avoir fait le plein d'essence et remis le reste de l'argent dans mon sac, je me dirige directement vers l'appartement.

Je ne sais pas trop à quoi m'attendre. Je suis les indications et me gare en parallèle dans la rue. Il y a un parking, mais je n'ai pas de laissez-passer pour y entrer.

Je prends mon sac de vêtements et mon sac à main en bandoulière et je sors de la voiture. Je verrouille les portes de la voiture et utilise la clé que Jace m'a donnée pour entrer par l'entrée principale.

Je me dirige vers l'ascenseur. Je jette un coup d'œil au numéro d'appartement griffonné à la main par Jace. Je monte dans l'ascenseur jusqu'au quatrième étage et j'en sors, en cherchant du regard le 4B.

Le couloir est bien éclairé. L'immeuble sent la construction neuve, comme la peinture fraîche. Il semble bien entretenu depuis l'intérieur du couloir.

Je trouve mon appartement assez rapidement et j'insère ma clé dans la serrure, ouvrant la porte. J'allume la lumière, surprise par la taille de l'appartement.

Il est immense, bien plus grand que chez moi. Les murs sentent la peinture fraîche et sont impeccables. La lumière du matin entre par les rideaux ouverts, rendant l'appartement lumineux et ensoleillé. Les murs sont d'un jaune chaud, pas aveuglant, mais doux et vibrant.

Il se trouve qu'il avait un appartement supplémentaire disponible.

Je ne devrais pas poser de questions, mais le loyer de cet endroit doit être une fortune. Pourquoi a-t-il un appartement qui traîne ?

C'était pour sa maîtresse ?

Non, ce n'est pas comme s'il était marié.

Ça semble trop beau pour être vrai.

Mon téléphone sonne, me faisant sursauter. Je le sors de mon sac et jette un coup d'œil à l'écran. Il y a un message de Jace et un appel manqué de Harper.

Pourquoi mon estomac est bouillonnant et noué en lisant le message de Jace ? C'est comme si j'étais au lycée encore une fois.

Alors, qu'est-ce que tu en penses ?

Je suppose qu'il me pose des questions sur l'appartement. Mais je pourrais aussi bien le faire épeler.

A propos de...

Il me répond tout de suite.

L'appartement. Il est bien ?

Je viens de passer la porte. Je n'ai même pas eu le temps de l'explorer, mais l'endroit est entièrement meublé et magnifique. Je suis amoureuse.

De l'appartement.

Il fera l'affaire.

Il ne me répond pas. Il n'y a même pas trois points pour indiquer qu'il me répond.

Est-ce que je viens de l'insulter ?

Je dépose mon sac près de la porte d'entrée, me glisse hors de mes chaussures et examine minutieusement les lieux. Puisque personne n'est là pour me faire visiter, je le fais moi-même.

L'appartement est un deux-pièces avec plus qu'assez d'espace. C'est deux fois plus grand que mon dernier logement et je suis sûre que le loyer est quatre ou cinq fois plus élevé que ce que je payais.

Je vais dans la cuisine pour prendre un verre d'eau. J'ouvre l'armoire, et l'endroit est entièrement rempli de vaisselle. Je ne suis pas surprise. Le reste de l'appartement est meublé.

Par curiosité, j'ouvre le réfrigérateur. Je ne m'attends pas à trouver quoi que ce soit. Il y a quelques bouteilles d'eau, quelques condiments dans la porte, mais rien de périssable.

Je fais couler le robinet et me verse un verre d'eau. Je sais que ce n'est pas un hôtel, et qu'on ne me fera pas payer dix dollars la bouteille d'eau, mais je ne veux pas prendre ce qui n'est pas à moi.

Ce n'est pas ma maison.

C'est un logement temporaire jusqu'à ce que je me mette en situation ou que je sois enceinte.

Je m'assois à la table de la cuisine et écoute le message d'Harper, qui me dit qu'elle va très bien, qu'elle est enceinte, que je lui manque et que je dois l'appeler.

Je veux l'appeler, mais que dois-je dire ? Comment expliquer cet arrangement sans avoir l'air folle ? Je compose son numéro mais je n'appuie pas sur le bouton d'envoi. C'est ma meilleure amie, mais comprendrait-elle ? Je ne lui avais pas dit que j'étais sans abri. Si elle sait pour John et Austin, elle ne sait pas pour Luka et la mafia.

C'est mieux si je ne dis rien. L'inquiéter ne nous apportera rien de bon.

C'est peut-être mieux de garder le secret.

Et je ne veux pas profiter de la situation ou de Jace. Il est gentil, et même si c'est parce qu'il veut que je sois la mère porteuse de son bébé, je dois faire attention.

J'ai envoyé à Jace un simple mot.

Merci.

Il commence à taper, et je retiens mon souffle, attendant que sa réponse arrive.

Quoi qu'il ait tapé, il a dû effacer le message, car les trois points clignotants ont disparu.

CHAPITRE DIX

Jace

– Vous êtes trop bien pour elle, dit Matteo en me coinçant.

A la minute où j'entre dans le bureau, il est sur moi.

Je mets mon téléphone dans ma poche. J'ai envoyé des SMS à Olivia, mais je dois arrêter. Elle est une distraction que je ne peux pas avoir. Personne ne doit savoir que je suis en train d'engager une mère porteuse. La nouvelle finira par sortir, mais je veux que ce soit à ma façon, quand je serai prêt à ce que les médias me pressent avec des dizaines de questions.

J'ai gardé Matteo sous contrôle à la maison quand il a déposé les clés de l'appartement. Mais ce n'est pas comme si je pouvais garder des secrets pour lui.

– Qui ? J'essaie de lui faire croire que je ne sais pas de qui ou de quoi il parle.

Je le dépasse pour aller à mon bureau, mais il est sur mes talons, me suit et ferme la porte derrière lui.

– Ne déconnez pas, Jace. La fille, la mère porteuse. Vous pourrez faire tellement mieux si vous vous installiez avec une femme.

Je me moque de sa suggestion.

– Ça n'arrivera pas. Olivia va juste être la mère porteuse. Rien d'autre.

Je sais comment garder ma bite sous contrôle. Bien que parfois cette foutue chose ait son propre esprit.

– D'accord. Matteo grogne.

Il ne me croit pas. Et pourquoi le croirait-il ? J'ai couché avec la moitié des femmes de la ville. Enfin, probablement pas la moitié, mais parfois j'en ai l'impression quand je les rencontre constamment.

– Écoute, elle est malchanceuse en ce moment. Elle est prête à m'aider, et je suis prêt à lui tendre la main et à lui donner un endroit où rester.

– Vous auriez pu simplement l'engager comme assistante.

– Voilà une idée, je dis et je le regarde fixement. Engage-la et vire-toi.

Matteo roule les yeux.

– Belle blague, patron.

Il ne s'inquiète pas le moins du monde de son travail ou du fait que je le mette à la porte. Et pour une bonne raison, il a la sécurité de l'emploi en deuxième position à moins qu'il ne me contrarie.

Quiconque me trahit finit par mourir.

Mais il ne me trahirait jamais, contrairement à ma sœur Maia.

– *Assieds-toi, je commande.*

– *Je ne suis pas l'un de tes soldats, Jace. Tu ne peux pas me donner des ordres, dit Maia. Elle croise ses bras de manière défensive sur sa poitrine alors qu'elle se tient en face de mon bureau.*

– *Je peux si tu vis sous mon toit, dis-je, en lui rappelant qui est en charge. Il est temps pour toi de t'installer, et Ryder est l'un des meilleurs hommes avec qui je travaille et un capo. Il prendra soin de toi.*

Maia roule les yeux vers moi.

— *Je n'ai pas besoin qu'on s'occupe de moi. Je ne suis pas une fille que tu peux juste marier pour deux chèvres et un bœuf.*

— *C'est ce que notre père aurait voulu, je dis.*

J'ai hérité de sa position, de ses biens et de ses hommes. J'ai aussi la lourde tâche de veiller sur Maia, de m'assurer qu'elle est protégée, ce qui n'est pas facile vu qu'elle aime fuir la maison.

Un homme comme Ryder l'apprivoiserait et la protégerait. C'est ce dont elle a besoin pour survivre dans ce monde froid et cruel.

— *Et à propos de ce que je veux ? Maia fait le tour de mon bureau.*

Je l'apaise.

— *Qu'est-ce que tu veux ?*

— *Ma liberté. Père t'a peut-être tout laissé, mais je suis aussi son héritière. Je devrais avoir une part de l'argent.*

— *Il n'y a pas d'argent, je me moque de sa suggestion. Père était fauché, et j'ai soutenu ses efforts. Les industries Barone l'ont maintenu à flot. C'est pourquoi il a changé son testament pour me laisser tout.*

— *Je ne te crois pas !*

Je reste calme et posé. Ça ne sert à rien de se disputer avec elle.

— Pourquoi as-tu besoin de cet argent ? Je demande.

Je ne suis pas un homme égoïste. Je prends soin de ma famille. Depuis la mort de mon père, j'ai fait tourner la famille de la mafia, rapportant plus d'argent à blanchir, et j'ai donné à tous mes hommes une augmentation de salaire.

— Pour m'éloigner de toi, Jace.

Elle me regarde fixement. La fille n'est pas faite pour le sang. Elle serait plus en sécurité, envoyée loin, forcée de vivre loin de Los Angeles.

Mais il y a d'autres familles mafieuses à travers le pays. N'importe laquelle d'entre elles pourrait saisir l'occasion de la prendre, de l'enlever et de la torturer pour m'atteindre.

— Tu es un meurtrier ! Les narines de Maia s'enflamment sous l'accusation. Et un monstre ! Combien d'hommes as-tu tué, Jace ? Papa aurait honte de l'effusion de sang, des morts qui s'accumulent.

Je suis silencieux, considérant mes options. Maia est une extrémité libre, et un fil dénoué qui, s'il est tiré, pourrait tout détruire.

Elle doit être arrêtée.

Mon silence doit être aggravant pour elle. Ses accusations deviennent encore plus sauvages.

— As-tu aussi tué papa ?

— *Ça suffit ! Je hurle et attrape sa chemise, la saisissant par les revers et la tirant vers moi.*

Le bouton du milieu de son chemisier s'ouvre et révèle un fil.

Pour qui diable travaille-t-elle ?

Les Fédéraux ?

— Je me sentais généreux en offrant à Olivia un endroit où rester, je dis.

Je n'ai pas besoin d'admettre qu'il y a une partie égoïste de moi qui s'assure aussi qu'elle ne me trahisse pas. J'ai une surveillance dans les couloirs, sur le bâtiment, et je saurai si elle a des visiteurs qui posent problème.

— Peut-on laisser tomber le sujet ?

Je ne demande pas vraiment. Je lui dis que c'est fait et que nous devons passer à d'autres sujets.

— Bien. Que voulais-vous que je fasse ? Matteo demande.

— Contacte l'agence de mères porteuses et fais-leur savoir que nous allons dans une autre direction.

– Vous ne voulez pas attendre jusqu'à ce que tu aies signé les papiers ? L'avocat a appelé le bureau ce matin et les papiers seront prêts à quatre heures cet après-midi.

– Bien.

Je pousse un soupir de soulagement.

– Vous êtes sûr de vous ? Matteo demande.

– Engager une mère porteuse ou Olivia ?

Je pense qu'il a des réserves sur la façon dont j'ai géré cet arrangement, et je ne lui en veux pas. Ce n'est pas du tout typique. Mais depuis quand est-ce que je fais les choses dans les règles ?

Dès le début, je lui ai fait comprendre que je voulais une fille que je pourrais connaître en personne, pas sur le papier. L'honnêteté et l'intégrité se montrent et ne sont pas quelque chose qui peut être noté comme des accolades sur un CV.

– C'est la fille.

Je m'assois à mon bureau.

– Tu as quelque chose sur elle ?

Je m'attends à ce qu'il ait vérifié ses antécédents derrière mon dos.

Il se soucie de moi et de ce qui est dans mon intérêt.

– Elle a des factures médicales assez stupéfiantes, dit Matteo.

Il ne développe pas, et je ne demande pas.

– Quiconque n'a pas d'assurance médicale peut facilement devenir fauché, je dis. C'est le système. Je l'ai vu d'innombrables fois.

Honnêtement, je ne veux pas savoir s'il a trouvé autre chose.

A moins qu'elle ne veuille me le dire, je n'ai pas besoin d'aller chercher des saletés. Tout le monde a un bagage. J'ai assez de squelettes dans le placard.

Son passé n'est pas mes affaires.

Tant qu'elle est en bonne santé et que le médecin est d'accord pour dire qu'elle est une bonne candidate à la maternité de substitution, toutes ses dettes appartiennent au passé.

L'argent qu'elle gagne avec moi l'aidera à les payer.

Matteo se tait.

Il est sage de détourner la conversation de ce qu'il a trouvé.

– Je m'inquiète juste qu'Olivia puisse profiter de vous.

Je rigole de l'absurdité de sa suggestion.

– Je lui ai fait l'offre. Ce n'est pas l'inverse, je lui rappelle. Elle n'avait aucune idée que l'offre venait.

Matteo commence à m'énerver.

– Et je vous dis que je suis contre, mais vous allez faire ce que vous pensez être le mieux.

– Pourquoi es-tu si opposé ? Je demande.

La réponse évidente serait la possibilité d'un procès. Mais c'est le dernier de mes soucis.

Elle ne cherche pas à être payée ou à faire la charité. Olivia a besoin d'aide.

– La fille a des problèmes, dit Matteo.

Comme si je ne l'avais pas deviné.

Je me retiens de mentionner qu'elle a vécu dans sa voiture. Ce n'est pas juste pour Olivia de divulguer son secret. Mais je suis sûr que Matteo a les rouages qui tournent dans sa tête, se demandant pourquoi je la laisse rester dans une de nos propriétés.

– Les ennuis ne sont pas un crime, je dis.

De plus, ce n'est pas comme si nous suivions la loi.

Il y a un monde que beaucoup ne connaissent pas, la pègre, et je le contrôle.

Être un chef de la mafia a ses avantages. Mon travail de jour offre une façade pour le blanchiment d'argent et des contacts pour beaucoup de nos entreprises illégales.

– Être trop proche de la mère porteuse peut apporter des problèmes, dit Matteo. Elle pourrait fouiller dans votre passé.

Elle n'a pas les ressources pour découvrir la vérité. Si les fédéraux ne peuvent pas m'épingler pour meurtre, alors je n'ai pas peur que cette fille me fasse enfermer.

Je roule les yeux.

– Quand es-tu devenu trouillard ?

Son regard se durcit.

Je l'ai insulté.

J'en ai fini de parler d'Olivia.

– Tu peux partir, je dis et lui fais signe de quitter mon bureau. Ferme la porte en sortant.

– Oui, monsieur.

Il se retire du bureau, fermant la porte derrière lui.

———

L'avocat apporte les papiers, et j'envoie un SMS à Olivia pour lui dire que nous sommes en route avec les papiers.

Dans l'heure qui suit, nous sommes assis à la table de sa cuisine pour passer en revue le contrat, les exigences, le fait qu'après le premier trimestre, elle vivra chez moi.

La signature prend un certain temps, mais Olivia n'a pas d'objection à tout cela. Elle pose quelques questions, puis signe et paraphe tous les endroits requis.

Je signe également les documents avant de raccompagner l'avocat à la porte et de lui dire au revoir.

– Tu pars ? Olivia demande. Je veux dire, tu n'es pas obligé. Je n'ai pas encore dîné.

– Tu as fait les courses ?

Je sais que le frigo est vide. Personne ne vit dans l'appartement que je lui ai donné depuis un certain temps. Un de mes cousins y a vécu auparavant pendant quelques mois lorsqu'il était en ville, mais il est retourné en Italie.

– J'ai acheté quelques trucs au marché d'en face, mais je n'ai pas fait de grosses courses.

Eh bien, ce n'est pas comme si cent dollars allaient la mener loin à l'épicerie alors que je lui ai aussi donné cet argent pour l'essence de sa voiture.

Je sors mon portefeuille.

– Qu'est-ce que tu fais ?

– Combien as-tu sur ton compte en banque ? Je demande.

Je ne peux pas imaginer que c'est beaucoup. Je pourrais demander à Matteo de trouver le chiffre exact, mais ce n'est pas comme ça que je travaille. J'attends de l'honnêteté.

Elle rit nerveusement.

– On ne pose pas cette question à quelqu'un.

– Je suppose qu'il n'y a pas grand-chose puisque tu vivais dans ta voiture et que ton réservoir était pratiquement vide ce matin. (Je sors un autre billet de 100 dollars.) Je veux que tu manges sainement pendant que tu essaies de tomber enceinte.

– Je sais. J'ai lu le contrat. Pas d'alcool. Pas de drogues. Pas d'amusement. (Olivia sourit, mais j'ai l'impression qu'elle me taquine.) Je te promets que je prendrai bien soin de ta petite brioche dans mon four.

Ses mots font vibrer mon cœur.

J'expire un grand coup et je ramène la conversation à la réalité.

– Je vais virer l'avance sur ton compte aujourd'hui, mais tu devrais avoir du liquide sur toi. Le marché de l'autre côté de la rue n'accepte que les espèces, et ils ont les fruits et légumes les plus frais. Ils coûtent plus cher, mais ils sont bio, et je veux le meilleur pour mon bébé.

– Bien sûr, dit Olivia.

Il y a un léger sourire sur son visage, comme si elle était heureuse de faire ça pour moi.

Elle ne se moque pas de moi. Elle est calme et posée.

– Que veux-tu faire pour le dîner ? Les plats à emporter ne semblent pas très sains, demande-t-elle.

Il est déjà tard, et aller au magasin, même juste de l'autre côté de la rue, prendra du temps, tout comme préparer le dîner.

– Eh bien, tu n'es pas encore enceinte. Je pense que si on commande de la nourriture et qu'on la fait livrer, ça ira pour ce soir, dis-je.

Je suis content qu'elle prenne mes demandes au sérieux, toutes mes demandes.

– Ok. Je ne sais pas ce qui est disponible de ce côté de la ville. Sais-tu qui livre ? demande-t-elle.

Les endroits familiers où je commande sont un peu loin de l'appartement. Je sors mon téléphone et vérifie les listes locales.

– Il y a du chinois, du thaï, de l'italien, du japonais. La liste est longue, dis-je. Qu'est-ce que tu aimes le plus ?

Elle se lèche les lèvres.

Le mouvement fait remuer ma bite.

Calme-toi mon garçon. Elle ne peut pas susciter ce type de réponse. Je dois me contrôler.

– Tout semble délicieux. J'aurais dû manger plus qu'une salade pour le déjeuner, dit Olivia avec un rire nerveux. Maintenant je suis affamée.

Moi aussi, mais mon désir est moins lié à la nourriture et plus à elle.

CHAPITRE ONZE

OLIVIA

Jace nous commande de l'italien pour le dîner, et je sors les plats de l'armoire quand la nourriture arrive.

– As-tu pensé à ce que tu vas faire après la naissance du bébé ? Jace demande.

Je ne suis pas sûre de ce qu'il veut dire. Je vais abandonner le bébé. Il n'y a pas grand-chose à penser.

Il doit voir le froncement de sourcils sur mon visage.

– Que veux-tu faire comme carrière ? Jace demande.

– Oh, je ne suis pas sûre, je réponds.

Je m'assieds à la table et sirote mon eau. J'aimerais que ce soit un grand verre de vin.

– Le job de rêve ?

Il ouvre les couvercles de chacun des plats, puis me sert en même temps que lui-même.

– J'avais l'habitude de peindre.

– Tu es une artiste, dit Jace en souriant. Je peux le voir.

– Un artiste affamée ? Je ris et prends mon eau, en buvant une gorgée.

Il est assez gentil pour ne pas faire de commentaire.

– As-tu des œuvres d'art dans le coin ? Jace jette un coup d'œil à l'appartement.

Les murs sont pour la plupart nus. Non pas que j'aie eu le temps d'accrocher une de mes œuvres, même si je les avais à portée de main.

– Euh, non.

J'enfonce une fourchette de pâtes dans ma bouche, pour ne pas avoir à élaborer.

Je ne sais pas s'il le remarque ou non, mais son regard reste sur moi beaucoup trop longtemps.

– J'aimerais voir certaines de tes œuvres. Est-ce que certaines sont à vendre ? Jace demande.

– La plupart ont été détruites dans un incendie, je dis.

Il hoche la tête comme s'il rassemblait les pièces du puzzle. Pourquoi je vivais dans ma voiture. Encore une fois, il est assez poli pour ne pas insister sur le sujet.

– Je ne connais personne à la galerie d'art locale, mais je peux passer quelques coups de fil, seulement si tu veux mon aide. Je ne veux pas m'imposer, dit-il.

Il est gentil, un peu trop serviable. Et si j'apprécie sa gentillesse, je ne peux pas non plus l'accepter.

– Non, ce n'est pas grave. Je suis sûre que je ne ferais que les décevoir quand je tomberai enceinte dans quelques mois et que je quitterai mon travail.

Jace prend une autre bouchée de pâtes.

La pièce est silencieuse. Trop silencieuse.

On peut entendre une épingle tomber.

J'aurais dû allumer la télévision pour avoir un bruit de fond. N'importe quoi pour éviter la gêne. Pourquoi suis-je si mauvaise dans les relations ? C'est à cause de ce qui s'est passé ?

J'ai toujours été aussi nulle ?

– Pourquoi voudrais-tu arrêter ? Jace demande.

– Oh, j'ai juste supposé que tu voudrais que je sois sur pied et à la maison. Tu as dit que je vivrais avec toi pendant ma grossesse.

– Je suis sûr que tu voudras prendre du temps libre quand tu te rapprocheras de la date d'accouchement, mais il n'y a aucune raison pour que tu ne puisses pas travailler tant que toi et le bébé êtes en bonne santé. A moins que tu ne veuilles tout simplement pas travailler ?

Est-ce qu'il me juge ?

– Non, je suis venue dans ton bureau hier pour chercher un emploi, dis-je en lui rappelant comment nous nous sommes rencontrés.

La raison exacte dont il n'a pas besoin, à cause de Luka Caruso.

Il ne doit jamais découvrir la vérité.

Je n'avais pas prévu de devenir une mère porteuse. Ça, c'est sûr. Mais j'ai aimé le temps que j'ai passé enceinte, à porter mon fils. Et l'argent qu'il offre me débarrasserait de mes problèmes avec les Caruso et me remettrait sur pied.

– Et si je te trouvais un poste dans ma société ? Jace demande.

– Ça ne va pas compliquer les choses ?

Je ne peux pas lui parler de Luka.

S'attendra-t-il à des secrets d'entreprise si je travaille pour l'insaisissable milliardaire ? Ou Luka voulait-il que je porte l'enfant de Jace ?

J'ai mal à la tête rien qu'en y pensant, et je ne peux pas demander à Luka, et je ne voudrais pas le faire.

– Ce n'est probablement pas l'idéal, dit-il.

Au moins, il est honnête. Ça fait un de nous deux. Mais je ne peux pas lui parler de Luka, pas sans mettre sa vie en danger. Ainsi que la mienne.

– Mais nous sommes tous deux des adultes et nous pouvons être professionnels. Et je saurais et approuverais ton congé de maternité sans aucun problème, dit Jace avec un sourire. C'est comme s'il se persuadait lui-même de m'engager.

Je rigole dans mon souffle.

– Quand tu le dis comme ça, comment pourrais-je dire non ?

Si Luka a vent de l'offre d'emploi et que je la refuse, ça ne va pas bien se terminer. Mais comment le saurait-il ?

A moins qu'un de ses hommes travaille pour Jace ; la mafia est partout, et je ne peux faire confiance à personne.

– Quand est-ce que je commence ? Je demande.

Je finis la dernière bouchée de mon dîner et commence à emballer les restes et à mettre le contenu dans le réfrigérateur. Je ne veux pas gaspiller de nourriture.

Jace se lève et m'aide à ramasser la vaisselle, qu'il porte à l'évier pour la laver.

– Première heure lundi matin. Tu peux dire non si tu ne veux pas travailler pour moi. Je te jure que je ne t'en voudrai pas.

Il me donne une porte de sortie, mais je ne peux pas l'accepter. J'ai besoin d'argent, et même si une avance est appréciable, il ne va pas commencer à me payer avant que je sois enceinte. Je ne peux pas m'attendre à ce qu'il me donne de l'argent chaque fois que j'ai besoin de quelque chose.

Il faudra des mois avant que je sois enceinte, portant son enfant, en supposant que je puisse concevoir à nouveau.

– Voudrais-tu être mon patron ? Je demande.

Je ferme le frigo et m'approche de l'évier pour commencer à faire la vaisselle, mais il est déjà en train de brancher l'évier, de faire couler de l'eau chaude et de le remplir de mousse.

– Techniquement, je suis le patron de tout le monde, dit Jace, mais si tu es inquiète, je peux t'affecter à un service dont je ne m'occupe pas quotidiennement.

Vu mon manque d'expérience, je ne suis pas sûre de ce que Jace voudrait que je fasse, mais je m'en fiche. Avoir mon propre salaire pour travailler serait satisfaisant. Ça m'aiderait aussi à payer mes dettes.

– Je ne suis pas inquiète. Tu l'es ? Tu devrais me voir tous les jours, et je pourrais porter ton fils ou ta fille.

Je veux savoir ce qu'il pense et s'il peut garder son professionnalisme sur le lieu de travail.

Parce que ce qu'il suggère est insensé.

Mais est-ce plus fou que d'être une mère porteuse pour lui ?

CHAPITRE DOUZE

OLIVIA

Huit Mois Plus Tard

Je n'arrive pas à y croire. Je suis enceinte. Je veux dire, bien sûr, j'essayais de concevoir, et après les traitements de fertilité, ça me donnait les meilleures chances, mais je ne pensais pas que ça arriverait.

Ma peur avait pris le dessus sur moi. Je me demandais si Jace allait me détester de ne pas pouvoir concevoir, me poursuivre pour avance de fonds, et me forcer à rembourser toutes les dépenses liées à la vie dans l'appartement qu'il m'a fourni.

Ce n'est pas comme si j'étais assise toute la journée à ne rien faire. Je travaille à plein temps pour l'entreprise de Jace, Barone Industries, à la réception du quinzième étage. Ça paie bien et ça m'occupe. En plus, j'aime ne pas avoir à demander de l'argent à Jace. Je veux dire, techniquement, il me paie toujours, mais je gagne cet argent honnêtement.

Demander une avance était humiliant.

Je ne veux plus jamais faire ça, ce qui m'a encouragé à foncer. Pourquoi ne l'aurais-je pas fait s'il était prêt à me tendre la main et à me donner un travail ?

Au moins, je peux économiser de l'argent, car je devrai trouver un autre endroit pour vivre après la naissance du bébé. Mais Jace me paie aussi grassement pour le temps que j'ai passé pendant ma grossesse, alors je devrais pouvoir m'offrir un endroit à moi.

C'est dans des mois.

Je fixe le test de grossesse. Les six que j'ai pris montrent que je suis enceinte. Je n'ai pas cru le premier et j'ai pensé que c'était peut-être un faux positif.

Mais tous les tests sont positifs, et ce sont des marques différentes.

Ça ne peut pas être un coup de chance.

Je suis enceinte.

Mon estomac bouillonne de nervosité. Je devrais envoyer un message à Jace, mais je vais au travail ce matin. Lui dire en personne, c'est la meilleure chose à faire.

Il sera heureux.

Extatique.

Je veux voir ce regard de joie sur son visage.

Je me douche, je m'habille et je me dirige vers le bureau.

En me précipitant vers son bureau, la porte est ouverte, mais les lumières sont éteintes.

Jace n'est pas encore là.

D'habitude, il est là avant que j'arrive et il reste bien après mon départ. Cet homme vit pratiquement dans son bureau.

Comment il compte élever un enfant me dépasse.

Où est-il ?

Est-ce que tout va bien ?

– Tu cherches quelqu'un ? Matteo demande.

Il tient une tasse de café dans sa main, et la vapeur s'échappe dans l'air avant qu'il n'en prenne une gorgée.

– Je voulais parler à M. Barone, dis-je en prenant soin de ne pas l'appeler par son prénom. Nous sommes décontractés quand nous sommes ensemble, mais au travail, c'est lui le patron. Je dois m'assurer que cela reste professionnel. Je ne veux pas que des rumeurs courent, surtout quand les gens découvriront que je suis enceinte.

Je n'ai pas l'intention de dire à qui que ce soit que je suis la mère porteuse de son bébé. S'il décide de le dire aux gens, c'est son problème.

– Il est occupé ce matin, dit Matteo.

Son ton est sec. Il ne m'aime pas.

Il ne m'a jamais aimé depuis le moment où je me suis présenté à mon entretien.

Connaît-il Luka Caruso ? Est-ce qu'ils travaillent ensemble en secret ?

Non, si c'était le cas, il aurait convaincu Jace de m'engager. Et j'ai l'impression qu'il n'est pas du tout dans mon équipe.

Est-il au courant de l'arrangement de la mère porteuse ?

– Merci, je dis.

J'envisage de demander à Matteo de faire savoir à Jace que je suis passée, mais cela ne ferait qu'éveiller davantage les soupçons. C'est mieux si j'envoie moi-même un message à Jace.

Je sors mon téléphone et retourne à mon bureau. J'ai envie de prendre une tasse de café, mais j'avais promis à Jace que j'arrêterais la caféine, surtout le café, dès que j'apprendrais que je suis enceinte.

Ce satané contrat !

Le déca ne semble pas valoir le coup, et en plus il contient toujours une infime quantité de caféine. Je m'affale sur ma chaise de bureau et je tripote mon téléphone.

Je cherche dans mes contacts et trouve Jace. Je lui envoie un message rapide.

On peut se voir ce soir ?

C'est une torture d'attendre qu'il réponde. Je ne suis pas une personne patiente. Mon pied tape nerveusement contre le sol.

Je ne peux pas dire s'il a lu le message ou non. Mais il n'a pas répondu ou tenté de répondre - pas de trois points clignotants.

C'est le silence.

Je pose mon téléphone sur mon bureau et je démarre l'ordinateur. J'ai du travail à faire, et lorsqu'il entrera dans le bureau, il devra sortir de l'ascenseur, et c'est à ce moment-là que je le verrai. En supposant qu'il ne réponde pas à mon message avant.

———

Jace ne vient pas au bureau.

Il ne répond pas à mes SMS.

Je sais que je ne devrais pas être inquiète. Peut-être qu'il est hors de la ville pour affaires. Ce n'est pas comme si j'étais sa gardienne. Il n'a pas à me dire son emploi du temps. Je ne suis pas sa petite amie ou sa femme.

Mais j'apprécierais qu'il réponde à son SMS. Même s'il n'est pas en ville, il pourrait toujours répondre.

Matteo passe devant mon bureau et se précipite vers l'ascenseur. Il tape plusieurs fois sur le bouton bas de l'ascenseur dans sa hâte.

– Tu sais, ça ne fait pas venir la cabine d'ascenseur plus vite, dis-je.

Il me lance un regard. C'est le même regard d'incrédulité que j'ai vu sur Jace une ou deux fois. Sauf qu'avec Jace, il n'est pas accompagné d'agacement.

Matteo se précipite sur mon bureau.

– Je ne sais pas à quel jeu tu joues, mais Jace ne voudra jamais être avec toi. Jamais.

De quoi est-ce qu'il parle ?

– Excuse-moi ? Je tousse, gênée par sa suggestion.

A-t-il perdu la tête ? Jace et moi ne sommes rien de plus que des professionnels. Nous n'avons pas passé beaucoup de temps ensemble depuis que le contrat initial a été signé.

Jace prend de mes nouvelles, m'apporte des en-cas sains, m'emmène occasionnellement déjeuner, mais nous sommes des collègues de travail. Peut-être que la partie snack est un peu inhabituelle, mais j'essaie aussi de tomber enceinte, et il m'a fait savoir qu'il voulait que je mange sainement.

L'ascenseur sonne, et je n'ai jamais été aussi soulagée de voir quelqu'un entrer et les portes se refermer derrière lui.

Qu'est-ce que c'était que ça ?

Est-ce que Jace lui a dit quelque chose sur moi ?

J'attrape une bouteille d'eau et en prends une gorgée - mon cœur bat la chamade dans ma poitrine lorsque mon téléphone portable s'allume avec un message texte.

Passe chez moi après le travail. Il faut qu'on parle.

CHAPITRE TREIZE

Jace

On frappe fermement à la porte d'entrée.

– Vous avez vraiment dévalorisé votre résidence, dit Matteo en jetant un coup d'œil à l'appartement vide.

Il sait que ce n'est pas chez moi.

Je possède tout l'immeuble, mais je ne vis pas ici.

Cet appartement était censé être vide. La sécurité m'a alerté ce matin que l'appartement avait un squatter.

Du moins, c'est ce qu'on m'a dit. Mais ce n'était pas juste un SDF qui vivait dans l'appartement.

– Votre petite amie ne vit pas dans cet immeuble ? Matteo demande.

– Ce n'est pas ma petite amie, dis-je en le corrigeant. (Je m'éclaircis la gorge.) Oui, Olivia vit à côté. On dirait que l'un des hommes de Caruso la surveillait.

Il y a du matériel de surveillance branché à l'intérieur de l'appartement, révélant plusieurs pièces, dont la chambre d'Olivia et la salle de bain.

– Ou ça pourrait juste être un pervers, dit Matteo.

Personne ne connaît mon lien avec Olivia, mais je ne peux m'empêcher de penser que c'est la famille Caruso qui est derrière cette invasion de la vie privée.

– Qui que ce soit, ils ne sont pas revenus de la journée, je dis. Je les attendais, avec mon arme, prêt à subir un interrogatoire musclé.

– La surveillance est plutôt bas de gamme, dit Matteo. Caruso planterait des micros et n'aurait pas ses potes à côté. Ça me fait plus penser à un très mauvais coup monté par des flics minables.

Je ne crois pas qu'elle ait parlé à la police ou à qui que ce soit. Olivia ne sait rien, et surtout pas que je suis de la mafia.

Et elle ne pourra jamais le découvrir.

– J'espère que tu as raison. (Je veux que ce soit un pervers que je puisse tabasser et savoir sans aucun doute qu'elle est en sécurité.) De toute façon, je ne peux pas la laisser rester dans le complexe d'appartements plus longtemps.

Je ne me sens pas en sécurité en la laissant vivre ici.

– Qu'avez-vous l'intention de faire ? Matteo demande. La déplacer dans un autre immeuble ?

– Je lui ai déjà envoyé un SMS pour qu'elle me rejoigne chez moi.

Les souvenirs de la nuit qu'elle a passée il y a des mois inondent mon esprit. Les images d'elle ne portant qu'un seul de mes t-shirts excitent ma bite. Je m'éclaircis la gorge et me détourne de Matteo, errant dans l'appartement une dernière fois.

J'ai besoin d'un moment pour me ressaisir, et il y a beaucoup de matériel de surveillance et de preuves laissées derrière moi pour enquêter.

Matteo jette un coup d'œil à une table en face de l'endroit où je me trouve.

– Vous avez vu ces marques ? Il désigne l'écriture en russe. Est-ce que ça pourrait être la Bratva ?

Les Russes sont imprévisibles. Ils sont violents. Ce qui ne veut pas dire que nous ne le sommes pas, mais nous n'assassinons pas des flics ou des juges.

Ma famille est liée par un code d'honneur, l'Omerta. Nous ne tuons que si c'est nécessaire. Je ne trouve pas de plaisir à ensanglanter mes mains, mais je fais ce que je dois faire.

– J'espère que non, je murmure.

Nous avons une relation avec eux et nous comprenons que nous ne devons pas nous mêler des affaires des autres. Ça ne ressemble pas à une opération de Bratva.

Les Russes ne restent pas assis à regarder une femme innocente. Ils ne sont pas connus pour leur patience.

S'ils voulaient quelque chose d'Olivia, ils l'auraient enlevée, interrogée, puis assassinée quand ils en auraient eu fini avec elle.

Une autre raison pour laquelle je la veux hors du complexe d'appartements. Elle n'est pas en sécurité ici.

– Vous avez raison. C'est trop propre. Il y aurait du sang partout sur les murs et le sol si c'était leur bazar, dit Matteo.

Essaie-t-il de prendre la situation à la légère ? Je ne trouve pas son humour particulièrement drôle.

Je lui lance un regard, et il se contente de hausser les épaules.

– Quoi ? demande Matteo. Vous n'êtes pas d'accord ?

– Appelle un de nos soldats. Je veux savoir sans l'ombre d'un doute qui surveillait Olivia et pourquoi, je dis. Qu'ils amènent celui qu'ils trouvent pour l'interroger.

J'ai l'intention d'assister à l'interrogatoire quand il sera temps.

————

En rentrant chez moi, je m'assure de prendre quelques provisions supplémentaires sur le chemin du retour et de tout ranger dans le réfrigérateur.

Il reste à peine deux minutes avant que j'entende une porte de voiture claquer dehors.

C'est lointain, à peine audible, mais je suis en état d'alerte après cette journée.

Je jette un coup d'œil par la fenêtre.

Olivia s'approche du portail, qui est verrouillé.

Quelques secondes plus tard, mon téléphone bourdonne avec un message texte d'elle.

Je suis là.

Cette fois, je ne sors pas. Je prends la télécommande et déverrouille le portail en fer forgé, permettant à Olivia d'entrer dans la propriété.

Une fois que je me suis assuré qu'elle est à l'intérieur du portail et que personne ne la suit, j'appuie sur le bouton et commence à fermer le portail. Il a la capacité de se fermer tout seul, mais je ne veux laisser à personne la possibilité de pénétrer dans ma propriété sans y être autorisé.

Surtout que quelqu'un semble surveiller Olivia.

Est-ce parce qu'elle travaille pour moi ?

Ceux qui l'ont espionnée, pensent-ils que nous sommes en couple ? Est-ce qu'ils attendaient que je me montre pour des photos scandaleuses ?

Eh bien, il n'y en a pas.

Il n'y a rien qui puisse servir de matériel de chantage.

J'ai été prudent. Je dois toujours être prudent avec les gens, peu importe où je suis. N'importe qui pourrait enregistrer ce que je dis, regarder ce que je fais, et essayer de me piéger.

Je déverrouille la porte d'entrée au moment où Olivia monte sur le porche. J'ouvre la porte d'un coup sec, en essayant de paraître décontracté, mais mon cœur bat la chamade dans ma poitrine.

Pourquoi me fait-elle sentir comme ça ? Est-ce parce qu'elle est une femme et que je suis un homme ?

C'est aussi simple que la biologie ?

– Entre, dis-je et je m'écarte pour la laisser entrer dans la maison.

– Merci.

Elle se glisse hors de ses chaussures, les laissant devant l'entrée. Olivia est bien plus détendue que la dernière fois qu'elle est venue chez moi. C'était il y a des mois. J'ai l'impression qu'une vie entière s'est écoulée. J'attends toujours la bonne nouvelle, en espérant qu'elle me dise qu'elle est enceinte, mais je sais que cela prend du temps.

Elle a dû subir des tests médicaux, des injections, des procédures, et puis nous attendons.

L'attente est atroce.

Agonisante.

Je ne suis pas le plus patient des hommes. Et le fait que je le veuille plus que tout au monde rend l'attente encore plus douloureuse.

Je veux un fils qui suive mes traces.

– J'étais sur le point de préparer le dîner. Je suppose que tu n'as pas encore mangé ? Je demande.

Sans mot dire, Olivia secoue la tête. Un léger sourire se dessine sur ses lèvres.

– Pas encore.

– Il est encore tôt, je dis.

Elle a dû sortir du travail et venir directement du bureau. Elle est habillée d'une jupe crayon noire et d'un chemisier rouge foncé qui épouse sa poitrine.

J'essaie de ne pas la dévisager.

J'essaie toujours de maintenir le professionnalisme avec tous mes employés. Mais c'est la seule qui essaie de tomber enceinte de mon enfant.

C'est peut-être la biologie qui est en cause, le fait que, même si je ne couche pas avec elle, ma semence est toujours plantée dans son utérus. Rien qu'en étant à proximité d'elle, je dois prendre du recul.

J'ai envie de la plaquer contre le mur, de relever sa jupe et d'arracher sa culotte. Puis j'enfouirais ma bite profondément en elle.

La pièce est étouffante.

Je me dirige vers le thermostat et ajuste la température, la refroidissant d'un degré.

– Entre, fais comme chez toi, dis-je en la conduisant dans la cuisine.

– Qu'est-ce qu'on mange ? demande-t-elle.

Il y a une certaine innocence en elle.

Olivia est jeune, bien plus jeune que la plupart des femmes avec qui j'ai couché récemment. Rien que de l'imaginer nue, j'ai l'impression de voler le berceau, mais elle a bien plus de dix-huit ans. Bon sang, elle est assez vieille pour boire légalement.

– Filet mignon, haricots verts, couscous et salade.

J'ai déjà prévu le menu de ce soir. J'ai dû aller chercher tous les ingrédients à l'épicerie avant de rentrer chez moi.

Sa langue sort et passe sur sa lèvre supérieure.

– Tout ça a l'air délicieux.

Je la regarde fixement.

Putain.

Elle a l'air délicieuse.

Intérieurement, je gémis et me racle la gorge. Je ne peux pas avoir de sentiments pour elle. Si je passe à l'acte, la maternité de substitution devra prendre fin. Les huit derniers mois seraient gâchés, tout ça pour un petit morceau de cul.

Je ne fais pas dans les relations. J'ai une aversion pour elles, alors la baiser une fois pour le plaisir semble être un gâchis encore plus grand.

Je me détesterais le lendemain.

J'attrape le steak dans le réfrigérateur et le déballe du papier du boucher, le plaçant sur une assiette pour l'assaisonner.

– Comment as-tu appris à cuisiner ? demande Olivia.

Elle s'approche de l'évier et se lave les mains.

Elle a l'intention de m'aider ?

– Mon père m'a appris, je réponds. Il adorait faire griller tout ce qui était imaginable. Certaines de ses préparations étaient merveilleuses, mais d'autres étaient carrément affreuses.

Olivia glousse dans son souffle.

– Comme quoi ?

– La salade de fruits, par exemple, n'est pas bonne sur le gril. Bien sûr, vous pouvez griller quelques ananas pour garnir votre viande, mais une salade de fruits entière grillée dans un sac d'aluminium n'était pas la meilleure idée.

Elle pince les lèvres, imaginant probablement la scène.

– Je ne sais pas. J'adore les myrtilles cuites, surtout dans les muffins ou les crêpes.

– Bien sûr, quand elles sont cuites, mais il aurait essayé de mettre des pancakes sur le gril et aurait été choqué quand le liquide a juste suinté sur les grilles.

Olivia éclate de rire.

– Tu dois être en train de plaisanter.

– Je plaisante ? Je demande en riant. J'aimerais bien être taquin. Et toi ? Tu cuisines souvent ?

Je ne peux pas imaginer qu'elle puisse se permettre de manger au restaurant tout le temps.

– Pas souvent, mais j'aime cuisiner, dit Olivia en me fixant du regard. En ce moment, j'ai une brioche dans le four.

Ma bouche est sèche alors que je la regarde fixement.

– Tu es enceinte ?

Elle est sérieuse ?

Un énorme sourire se répand sur son visage.

– Surprise ! Olivia glousse et hoche la tête avec excitation. J'ai pris rendez-vous chez le médecin la semaine prochaine, mais j'ai fait pipi sur six tests de grossesse, et ils sont tous revenus positifs.

J'ai envie de la prendre dans mes bras, de l'attirer contre moi et de la serrer dans mes bras.

– Je peux te faire un câlin ? Je demande.

Je veux fêter ça, mais je ne veux pas non plus la mettre mal à l'aise. C'est une ligne fine, et le fait que je sois actuellement son patron n'aide pas les choses. Mais j'ai juré que je serais d'accord avec ça, que l'engager serait bon pour elle et pour l'entreprise.

– Oui, dit-elle en s'approchant.

Le sourire qu'elle arbore fait exploser mon cœur. Je la serre contre moi et je dois me retenir de la soulever du sol et de la faire tourner sur elle-même. Ce n'est pas une enfant.

– Je veux que tu emménages ici avec moi immédiatement.

– Quoi ? Je croyais qu'on devait attendre la fin du premier trimestre ? Olivia demande. Elle se retire, les sourcils froncés, et se détache de mon étreinte. Le contrat stipule que...

Je l'interromps.

– J'ai reçu un appel téléphonique plus tôt dans la journée. Je ne sais pas comment le dire gentiment, mais quelqu'un a gardé un œil sur toi.

– Quoi ? (Elle s'éloigne de moi comme si je l'avais brûlée. Olivia croise ses bras sur sa poitrine.) Je ne comprends pas.

– J'ai un de mes collègues qui garde l'œil ouvert pour savoir quand le suspect réapparaîtra, dis-je en omettant la partie où j'ai l'intention de l'interroger et de le torturer moi-même.

Je vais aller au fond des choses et découvrir ce qu'il fait à observer Olivia.

Sa voix se brise.

– Tu ne sais pas qui c'est ?

Je secoue la tête. Il est inutile de l'inquiéter avec le nombre d'ennemis que je me suis fait. La liste est longue.

– Nous allons le découvrir, mais tu es enceinte. Et nous avons discuté du fait que tu restes après ton premier trimestre. Ce sera juste un peu plus tôt, je dis.

J'ouvre le réfrigérateur et j'en sors les haricots verts. Je les lave sous l'eau courante avant de couper les extrémités.

– Tu ne vas pas en avoir marre de moi ? Olivia demande.

– Ta sécurité est ma priorité numéro un. La tienne et celle du bébé que tu portes, je lui rappelle.

– Et mes affaires ? Olivia passe une main dans ses cheveux.

– Je vais t'accompagner à ton appartement pour prendre tes affaires et te ramener ici.

Ma réponse est ferme.

Je dois protéger mon enfant qu'elle porte autant que je ressens le besoin de m'occuper d'elle.

Elle émet un léger soupir. Je n'ai pas envie de me battre avec elle. Est-ce qu'elle cède ?

– Je ne vais pas pouvoir te convaincre du contraire, n'est-ce pas ? demande-t-elle.

– Non, une fois que j'ai pris ma décision, c'est fait.

J'attrape une casserole dans l'armoire du dessous et le panier vapeur, le remplissant d'eau, me préparant à le mettre sur la cuisinière.

Olivia ouvre les armoires, peu familière avec ma maison.

– Qu'est-ce que tu cherches ? Je lui demande.

– J'allais aider à mettre la table, mais je me rends compte que je ne sais pas où se trouvent les objets.

– Assieds-toi et détends-toi, je dis. J'ai préparé le dîner. Tu pourras aider à ranger si tu veux faire quelque chose.

Elle fronce le nez à ma suggestion.

– Je déteste faire la vaisselle.

– Moi aussi, je dis, en riant dans mon souffle. Et moi qui pensais qu'en emménageant, tu me rendrais service.

Olivia lève les yeux au ciel, souriant à mon humour. Au moins, elle n'est pas contrariée par ma suggestion de la faire emménager. Je pensais que je devrais me battre avec elle et la convaincre que ce n'était pas sûr, même en lui montrant l'appartement d'à côté et le matériel de surveillance que nous avons trouvé.

Je suis content de ne pas avoir à le faire. Voir et savoir sont deux choses différentes.

Je ne veux pas lui faire subir cette intrusion dans sa vie privée.

Elle prend place au comptoir sur l'un des tabourets.

– Tu vas me dire pourquoi tu es toujours célibataire ? Tu es sexy, riche à souhait, et d'après les journaux, sans attaches.

Cachant le sourire sur mon visage, je lève les yeux vers elle. Je n'ai jamais vu cette facette d'elle, vulgaire, honnête, ouverte.

– Ne crois pas tout ce que tu lis, je dis.

Elle me trouve sexy ?

Je la trouve attirante. C'est difficile de ne pas l'être avec son déhanché pécheur. Chaque fois qu'elle marche et se trouve devant moi, mon regard se pose sur son cul parfaitement proportionné.

Mais je ne peux pas agir sur ces impulsions. Même si je le voulais, ça pourrait tout gâcher.

Et maintenant qu'elle est enceinte, il y a trop de choses en jeu.

CHAPITRE QUATORZE

OLIVIA

Jace m'accompagne à l'appartement pour rassembler mes affaires. Il n'y a pas grand-chose qui m'appartient, juste les vêtements que j'ai accumulés au cours des deux derniers mois. Je prends mon sac et j'y jette mes vêtements, tout ce que je possède.

La plupart des objets dans l'appartement ne sont pas à moi. Je ne l'ai pas décoré. Il n'y a pas de tableaux accrochés et je n'avais pas les fournitures nécessaires pour faire mes propres œuvres d'art.

Je ferme mon sac et me dirige vers la cuisine. Sur le comptoir se trouve mon chargeur de téléphone. J'attrape le cordon et le glisse dans la fermeture éclair du sac.

– Et la nourriture dans le frigo ? Je demande, en désignant le réfrigérateur plein. J'ai fait les courses la semaine dernière.

Peut-être que ça n'a pas d'importance pour Jace, mais je ne veux pas gaspiller de la nourriture parfaitement bonne.

– J'enverrai Matteo faire un tour, et il pourra nettoyer ton frigo, nettoyer l'endroit.

Ce n'est pas vraiment ce que je voulais dire, mais si ce n'est pas du gaspillage, alors ça suffira.

J'ai peur de demander s'il sait exactement qui surveillait l'appartement, écoutait aux portes.

Était-ce Caruso ou un de ses hommes ?

Jace n'a aucune idée de la connexion que j'ai avec eux.

Ils sont de la mafia.

De très mauvais gars.

Ils me tueraient si je parlais d'eux, et demander maintenant, alors que nous pourrions être sous surveillance, pourrait nous faire blesser tous les deux, ou pire.

Je dois faire attention. Mais sans aucun doute, si c'est Luka Caruso ou ses hommes, ils ne s'arrêteront pas juste parce que j'ai déménagé. Ils ne cesseront jamais de me traquer.

Une autre raison pour laquelle je dois aller jusqu'au bout et avoir l'enfant de Jace.

Après qu'il m'ait payé, je pourrais rembourser ma dette à Caruso. L'argent sera-t-il suffisant, ou me possèdera-t-il pour toujours ? Les hommes comme Caruso ne disparaissent pas comme ça. Ça n'a pas d'importance que je n'ai pas signé le contrat avec mon sang.

– Viens, sortons d'ici, dit Jace en me conduisant à la porte d'entrée.

Il me tend la main et me prend mon sac de voyage.

– Je peux le porter, dis-je.

Le sac n'est pas si lourd. Il ne pèse presque rien. Sa mallette pour le travail est probablement plus lourde.

Jace hausse légèrement les épaules.

– Ce n'est pas parce que tu peux le porter que tu dois le faire. Il ouvre la porte et me fait signe de sortir de l'appartement.

Je verrouille l'endroit derrière moi et lui remets les clés. L'endroit lui appartient. Il pourrait aussi bien reprendre les clés. De plus, si Matteo a l'intention de nettoyer et de vider le frigo, il aura besoin d'entrer dans l'appartement.

Je me traîne dans le couloir, en jetant un coup d'œil à la porte à côté de mon appartement.

Est-ce là que le fouineur a élu domicile ?

J'ai peur d'exprimer mes questions à voix haute.

– Viens, répète-t-il en m'attrapant par le coude, m'entraînant à la hâte vers l'ascenseur.

C'est comme s'il cachait quelque chose, en me faisant sortir d'ici rapidement.

Pourquoi ? Qu'est-ce que je ne sais pas ? Qu'est-ce qu'il ne me dit pas ?

Au moment où les portes de l'ascenseur se ferment, je croise mes bras sur ma poitrine.

– Qu'est-ce qui se passe, Jace ?

Il lève une main, m'indiquant de lui laisser un moment.

Je roule les yeux, et après avoir atteint le rez-de-chaussée et être sorti, j'attends toujours sa réponse.

– Tu m'évites ou tu as peur que quelqu'un nous entende ? Je demande.

– Dans mon métier, je me suis fait pas mal d'ennemis, dit-il.

Je ne suis pas surprise. Est-ce l'un de ses ennemis qui a gardé un œil sur moi à côté ? Ont-ils menacé de lui faire du mal ? Est-ce pour cela que Jace n'était pas au travail aujourd'hui ?

Il ouvre le coffre et dépose mon sac à l'intérieur avant d'ouvrir la porte du passager pour que je monte dans le véhicule.

Toujours un gentleman. Même quand il évite mes questions.

J'ai du mal à l'imaginer en train d'énerver beaucoup de monde, mais un homme de valeur, l'un des plus riches du monde, se retrouve parfois dans la ligne de mire. Du moins, j'imagine que c'est le cas. Je n'ai jamais trouvé que c'était un problème pour moi.

– Sais-tu qui me regardait là-dedans ? Je demande.

Me le dirait-il si c'était l'équipe de Caruso ?

– Matteo a gardé un œil sur l'appartement pendant quelques heures ce soir, mais il est parti il y a environ une heure. Nous avons mis en place notre équipement de surveillance caché. Si quelqu'un revient, nous saurons qui c'est. Mais je n'en attends pas beaucoup.

– Pourquoi ça ? Je demande.

Jace s'engage dans la circulation. Les routes sont encore considérablement occupées ce soir. J'essaie de me détendre pendant qu'il nous conduit plus loin hors de la ville et vers sa maison.

– Oh, nous allons attraper le gars, mais je doute qu'il parle ou avoue pour qui il travaille, dit Jace.

Ses sourcils se crispent et il attrape la radio, qu'il monte à fond pour étouffer le silence dans le véhicule et la discussion entre nous.

Mon téléphone portable vibre dans ma poche, mais je ne le sors pas pour le regarder. Du moins, pas encore. Je ne veux pas de questions, et si Luka Caruso communique avec moi, je ne peux pas laisser Jace le découvrir, jamais.

Ça ne ressemble pas à un incident isolé, mais je suis sûre que Jace sait ce qu'il fait.

Jace est en sécurité. En vivant avec lui, je n'aurai pas à m'inquiéter pour moi ou l'enfant que je porte.

Il me protégera.

————

– C'est ta chambre, dit Jace en me conduisant dans ma nouvelle chambre. Il me fait visiter sa maison. Ce n'est pas que je n'ai jamais vu l'endroit, mais ça fait des mois que je n'y ai pas séjourné.

Et ce n'était qu'une nuit.

Il porte mon sac de voyage dans la chambre et le pose sur le sol à côté de la commode.

– Tu as besoin d'aide pour déballer tes affaires ? demande-t-il.

– Non, je m'en occupe. Merci, lui dis-je.

Je n'ai pas besoin de lui pour me servir. Je peux me débrouiller toute seule. Le logement est un bonus, et même si j'appréciais l'appartement dans lequel je vivais, Caruso pouvait me trouver à tout moment.

J'étais seule.

Au moins maintenant, il y a une couche supplémentaire de protection avec le système de sécurité et les portes en métal.

Jace ne laissera rien m'arriver. Si ce n'est pour mon bien, pour l'enfant qu'il porte.

– Je vais te laisser. Si tu as besoin de quelque chose, je suis juste au bout du couloir, dit-il.

Jace sort de la chambre et ferme la porte derrière lui.

Dès qu'il est sorti de la pièce, je sors mon téléphone portable et je jette un coup d'œil au message manqué. J'en attendais un, et il y en a trois, tous du même numéro inconnu.

Ça doit être Caruso. C'est un numéro local que je ne reconnais pas, et il n'y a pas de nom attaché à l'appelant.

Entrain de jouer au papa et à la maman avec ton patron.

Comment sait-il que j'ai emménagé avec Jace ?

Est-ce qu'il me surveille ? C'est lui qui a surveillé mon appartement ? Enfin, l'appartement de Jace dans lequel j'ai vécu ces derniers mois.

J'envoie une réponse rapide.

Qui est-ce ?

Est-ce que le mystérieux interlocuteur va me dire si ce sont les Caruso ou continuer à me menacer et me harceler ?

Et si Jace voit mon téléphone ? Je dois être prudente. Je ne peux laisser personne savoir que je fais affaire avec la mafia. La dernière chose que je veux, c'est qu'il soit blessé.

Ton paiement est en retard.

Confirmé. C'est Luka ou un de ses hommes de main. Ça n'a pas beaucoup d'importance pour moi. Que ce soit lui ou un soldat, ils me font tous peur. Le fait qu'ils aient leurs griffes en moi est déjà douloureux. Où que j'aille dans la ville, ils me trouvent toujours.

J'ai fait ce que vous avez demandé.

Ils avaient insisté pour que je sois engagée par Jace Barone. J'ai réussi à travailler pour son entreprise. J'ai attendu le jour de leur collecte.

Que vont-ils vouloir ? Des informations ? Un accès ? Quoi que ce soit, ça pourrait me faire virer, ou pire, me faire atterrir en prison.

Nous ne faisons que commencer.

Mon estomac se retourne. Je vais vomir. Je me précipite dans la salle de bains et fais sauter le couvercle des toilettes.

Rien ne sort. Je devrais peut-être être reconnaissante, mais le creux au fond de mon estomac est comme une enclume et ne s'en va pas.

La nausée m'envahit.

Est-ce que ça s'arrêtera un jour ?

J'éteins mon téléphone. Je ne veux pas recevoir un autre texto de Caruso. J'en ai fini avec eux. Je retire la batterie et débranche mon téléphone. Ils savent peut-être où j'habite, mais ils ne peuvent pas me joindre.

Je ne les laisserai pas me contacter.

Si je n'ai pas de téléphone, alors peut-être qu'ils me laisseront tranquille.

Cet endroit est une forteresse. Jace ne les laissera pas entrer chez lui, et les portes à l'extérieur et le système d'alarme devraient être suffisants pour les empêcher d'entrer.

———

Nous allons au travail séparément. Personne n'a besoin d'être au courant du fait que je vis avec mon patron et que je porte son enfant. Mère porteuse ou pas, il y a des rumeurs que je ne veux pas voir circuler.

Jace semble avoir la même opinion sur le sujet. De plus, nos horaires ne sont pas forcément les mêmes. C'est le propriétaire, le patron. Il peut travailler quand il veut.

J'ai des horaires fixes pour m'occuper de la réception à l'étage.

Je prends une tasse de café et m'assois à mon bureau, déplaçant la souris pour réveiller l'ordinateur.

Jace est déjà là ce matin. La lumière du bureau était allumée, mais il n'était pas dans son bureau lorsque je suis passée par là pour prendre ma boisson.

Je sirote le liquide chaud. Si quelqu'un demande, je lui dirai que c'est du déca, et par quelqu'un, je veux dire Jace. Personne d'autre ne sait que je suis enceinte. Et personne d'autre ne se soucie de ce que je bois tant que ce n'est pas alcoolisé et que ça n'affecte pas mon travail.

Il y a un paquet sur mon bureau, une chemise à bulles en papier manille, avec quelque chose à l'intérieur. Il m'est adressé.

C'est très suspect.

On ne m'envoie pas beaucoup de courrier, encore moins au bureau. Ce que je reçois tend à être du courrier indésirable, des catalogues pour choisir du matériel de bureau, des choses de cette nature.

Ça ne ressemble pas à ça.

Il n'y a pas d'étiquette de retour.

Ce n'est même pas timbré. Quelqu'un l'a déposé.

Qui ? Quand ? Je jette un coup d'œil dans le bureau. Personne ne semble me prêter la moindre attention. Il m'est adressé. Je vérifie à nouveau, me demandant si je n'ai pas mal interprété l'étiquette parce que je suis encore à moitié endormi.

J'ai eu du mal à m'endormir la nuit dernière. Le lit de la maison de Jace était assez confortable, mais ça faisait bizarre d'être sous son toit, de vivre avec lui. Avant, quand j'ai séjourné chez lui la première fois, c'était un bel étranger, un homme qui m'avait fait une offre qui, bien que singulière, avait été d'une certaine manière assez flatteuse.

Maintenant, c'est mon patron.

Et alors que j'étais enthousiaste à l'idée de travailler pour lui, le fait qu'il soit mon patron et qu'il dorme sous le même toit au bout du couloir, j'ai du mal à l'accepter.

J'avais juré qu'on resterait professionnels. Ne vous méprenez pas, on l'est. On ne s'est même pas embrassé, et même si j'ai envie de voir ce qu'il ressent sous mon corps, ça ne peut pas arriver.

Ça n'arrivera pas.

J'aime mon travail. J'apprécie le fait d'avoir un toit au-dessus de ma tête et un salaire régulier. Bien sûr, l'argent va commencer à rentrer plus vite maintenant que je porte sa famille, mais quand même, je ne veux pas tout faire foirer.

– Hey, étrangère, dit Jace, en s'arrêtant à mon bureau.

Il porte un mug géant de café. Il met la honte au mien.

– J'espère que c'est du déca, dit-il en jetant un coup d'œil à ma tasse de café presque vide.

Je ne lui réponds pas. Éviter la déclaration me semble le mieux.

– Tu n'as pas à t'inquiéter, dis-je en esquissant un léger sourire. Tout se passe bien.

– Bien, dit Jace et jette un coup d'œil au paquet sur mon bureau. De qui vient-il ?

Mais maintenant qu'il se tient au-dessus de moi, qu'il m'observe, je ne peux pas ouvrir cette satanée enveloppe. Et si c'était un message de Caruso ?

Un mensonge s'échappe si facilement de ma langue.

– Ce sont les informations pour commander plus de toner pour l'imprimante, je dis.

– Cet engin est encore à court d'encre ? Je jure qu'on la remplace tous les jours.

Il exagère, mais nous remplaçons le toner assez souvent. Je jure que c'est comme ça que la société gagne de l'argent, en nous envoyant pratiquement chaque semaine les cartouches dont nous avons besoin pour faire fonctionner la machine.

– Ce n'est pas si souvent, je dis. Je peux t'aider en quoi que ce soit ?

Je lève les yeux vers lui avec des yeux impatients. J'ai envie de le faire partir pour pouvoir ouvrir l'enveloppe. Je ne veux pas non plus que quelqu'un se fasse des idées sur nous deux.

Il n'y a pas de ragots à faire.

Enfin, sauf que je porte son bébé.

– Laisse-moi t'emmener déjeuner, dit Jace.

Est-il fou ? Nous essayons de garder un profil bas, de ne pas donner aux rumeurs quelque chose à dire. Même si j'ai envie de passer du temps avec Jace en dehors du travail, on ne peut pas. Nous vivons déjà ensemble. J'ai l'intention de rester aussi discrète que possible, du moins pour l'instant.

– Je ne pense pas que ce soit une bonne idée, je dis.

– Tu seras à la maison pour le dîner ? demande Jace, en baissant la voix pour que je sois la seule à entendre sa question.

Je n'ai aucun autre endroit où me trouver.

– Oui, dis-je en fixant ses yeux verts. (Il me fait un sourire de mille feux.) Bien. Alors c'est un rendez-vous.

– Attends. Quoi ?

Jace tourne les talons et se dirige vers son bureau.

Il ne voulait pas dire un vrai rendez-vous, j'en suis sûre. C'est une expression. C'est probablement à ça qu'il faisait référence, et je réagis de manière excessive.

Je me frotte le front et m'assure que Jace est parti depuis longtemps avant d'ouvrir l'enveloppe. A l'intérieur il y a une note et une clé USB.

Tu travailles pour nous. Allume ton téléphone, ou nous ferons du mal à Jace.

Que veulent-ils que je fasse avec la clé USB ? Je regarde à l'intérieur de l'enveloppe, mais il n'y a rien d'autre. Je jette l'enveloppe à la poubelle.

La porte de l'ascenseur s'ouvre et Matteo en sort.

Je pose ma main sur le bureau, enfouissant la clé USB sous ma paume. Peut-être ne le remarquera-t-il pas.

– Bonjour, Olivia, dit-il.

Il me parle rarement, mais aujourd'hui il a décidé d'être amical. Merveilleux. C'est à cause de l'appartement ?

– Bonjour, je dis, en forçant un sourire.

Ses sourcils se froncent tandis qu'il m'étudie en passant. Il ne s'approche pas de moi, et je suis soulagée qu'il n'essaie pas de poursuivre la conversation gênante entre nous. Nous ne sommes pas amis. J'ai à peine parlé avec l'homme, jamais.

Il semble proche de Jace, cependant, et peut-être que je devrais apprendre à le connaître. Mais s'il y a la moindre chance qu'il travaille avec Luka, il vaut peut-être mieux rester loin de lui.

Une fois qu'il a tourné au coin du couloir et est hors de vue, j'examine la clé USB. Elle a l'air ordinaire. Sans la brancher sur un port USB, il n'y a aucun moyen de savoir si elle est vide ou s'il y a quelque chose dessus.

Je ne vais pas prendre le risque de la brancher et d'installer un virus. Je ne suis pas une idiote.

Il n'y a pas d'autre note. Pas d'instructions. Sa menace est réelle, au moins en ce qui concerne Jace, mais je n'ai pas mon téléphone sur moi. Est-ce qu'il s'attend à ce que je cours jusqu'à la maison, que je le prenne, que je l'allume, et que je fasse tout ce qu'il veut ?

Je mets la clé USB dans le tiroir du bureau. Je m'occuperai de Caruso ce soir en rentrant à la maison.

———

Jace se dirige vers l'ascenseur, s'arrêtant à mon bureau sur le chemin du déjeuner.

– Tu es sûre que je ne peux pas te convaincre de sortir ?

Il y a un sourire chaleureux et amical sur son visage. C'est tentant, mais je ne peux pas accepter son offre.

– Merci, mais je vais juste prendre quelque chose de rapide.

Matteo se dépêche de le rattraper.

– Un déjeuner ? Matteo demande, en faisant un signe de tête à Jace.

– Bien sûr.

On dirait qu'il a trouvé quelqu'un pour le rejoindre.

Mon estomac gronde et j'ai envie de déjeuner, mais j'attends qu'il soit parti depuis longtemps. J'attrape mon sac à main et me dirige vers l'ascenseur puis dehors. Je resserre ma veste et je me dépêche de descendre le pâté de maisons pour aller à la sandwicherie du coin.

Je doute que Jace mange là. Il a l'air d'être plutôt du genre restaurant chic, cinq étoiles, haut de gamme.

Heureusement, je ne le vois pas quand je jette un coup d'œil à travers les vitres avant d'ouvrir la porte.

– Olivia.

La voix de Luka me fait sursauter de derrière.

Je vois son reflet dans la vitre alors que ma main est posée à l'entrée du restaurant.

Je lâche la poignée de la porte et me retourne pour lui faire face.

– Tu as reçu notre message ? demande Luka.

Je suis surprise de voir qu'il délivre le message lui-même. N'a-t-il pas des hommes qui s'occupent de ces tâches ?

– Mon téléphone n'est pas sur moi, je dis.

Ce n'est pas un mensonge.

Il sort un téléphone jetable de sa poche et me le tend.

Je me pince les lèvres. Comment me débarrasser de ce sale type ?

– Je ne veux pas de ton téléphone, je dis.

– Je ne te le demande pas, dit Luka. (Il le pousse dans ma main, me forçant à prendre l'appareil.) Nous avons besoin d'informations, et tu es la personne idéale pour nous les donner. Mets la clé USB dans l'ordinateur personnel de Jace, à la maison.

– Quoi ? Vous êtes fou si vous pensez que je vais faire ça.

– Tu le feras si tu veux garder ton petit amoureux en sécurité.

Donc, ils ne savent pas pour l'arrangement de la mère porteuse. Je pousse presque un soupir de soulagement. Je ne suis pas encore sortie d'affaire. Ces hommes sont dangereux, et Jace n'a aucune idée de ce qu'il affronte ou de ce que j'ai fait, des dommages que je pourrais infliger sans le vouloir.

Je me retiens de dire à Luka que Jace n'est pas mon amant. Qu'on est juste des collègues. Il ne le croira jamais, et c'est peut-être mieux s'il pense que nous sommes plus que ce que nous sommes. Mais je ne vois pas en quoi c'est mieux, comment je pourrais utiliser ça comme levier ?

– Pourquoi Jace ? Je demande. Pourquoi voulaient-ils que je travaille avec Jace Barone ? Ils ne pouvaient pas savoir que j'aurais accès à sa maison et à son ordinateur personnel.

– Ça ne te regarde pas, dit Luka avec dégoût. Réponds à tes messages. Il se retourne et s'éloigne dans la foule des piétons, disparaissant devant moi.

Dois-je parler de Luka à Jace ? Qu'est-ce que je vais dire ? Est-ce qu'il me croira si je dis que ce n'est pas ma faute ?

Je me précipite à l'intérieur du restaurant et commande un sandwich à emporter. J'ai pris un paquet de chips et j'ai emporté le tout au bureau. Après avoir croisé Luka, je n'ai qu'une envie : retourner à mon bureau, là où il est en sécurité. Du moins, je pense qu'il est en sécurité.

Il y a des gardes à l'intérieur du bâtiment. C'est pour ça qu'il ne s'est pas montré à moi au travail. Mais comment a-t-il fait pour que le paquet soit livré ? Qui dans l'entreprise travaille pour la famille Caruso ? Ça doit être un travail de l'intérieur.

CHAPITRE QUINZE

Jace

Après le travail, je rentre à la maison. Olivia est déjà en train de bricoler dans la cuisine. Elle coupe des légumes, et il y a une petite salade de fruits dans un bol à côté.

Ensemble, nous préparons le dîner. Je prépare la plupart des ingrédients, mais elle m'aide chaque fois que je lui demande d'aller chercher quelque chose dans le réfrigérateur ou de me tendre un ustensile après que je lui ai indiqué où il se trouve.

Le téléphone portable d'Olivia vibre dans sa poche pendant le dîner. Elle n'essaie même pas de le prendre ou de jeter un coup d'œil à l'écran pour savoir qui essaie de la joindre.

– Tu as besoin de regarder ? Je demande.

– C'est impoli de faire ça pendant le dîner, dit-elle.

Elle n'a pas tort. Essaie-t-elle de m'apprendre les bonnes manières que je transmettrai à mon enfant ? J'ai tendance à regarder souvent mon téléphone. Ça fait partie du métier, pas seulement diriger Barone Industries mais aussi la mafia.

Ça me prend beaucoup de temps.

Comment diable je vais élever un enfant et trouver le temps de changer les couches, de nourrir le petit, je ne suis pas sûr. Je vais probablement devoir embaucher une nounou à plein temps. Ce qui sera bien. La chambre d'Olivia sera libérée d'ici là, et la nounou pourra s'installer.

Je souris, mets mon téléphone sous silence et le fourre dans ma poche. Même si je ne l'ai pas consulté pendant le dîner, il était sur la table de la salle à manger.

Son visage brûle.

– Je suis désolée ! Je ne disais pas que tu ne pouvais pas regarder ton téléphone.

Elle s'empresse de s'excuser.

– Non, tu as raison. C'est impoli d'être sur son téléphone pendant le dîner ou quand quelqu'un d'autre à toute votre attention.

Cependant, je suis curieux de savoir qui lui tend la main.

Je suis sûr qu'elle a des amis, de la famille, quelqu'un qui prend soin d'elle. Mais elle ne m'a pas parlé de quelqu'un d'autre. D'après ce que je sais, elle est orpheline, ce qui n'est sans doute pas le cas, mais ça y ressemble.

Elle fronce le nez et rit. Il y a une légèreté dans son comportement, mais je peux aussi voir une lutte traverser ses traits que je ne peux pas expliquer. Je ne la connais pas assez bien pour lire en elle comme dans un livre. Du moins, pas encore.

Avec le temps, je suis sûr que je saurai tout sur la femme qui porte mon enfant.

– Maintenant que c'est officiel, dis-je en faisant un geste vers elle, j'ai commencé à commander pratiquement de tout pour le bébé. Quand tu commenceras à voir des dizaines de colis livrés à la maison, tu sauras pourquoi.

Elle rit et couvre sa bouche avec sa main.

– Tu ne sais même pas encore si c'est un garçon ou une fille !

– Ça n'a pas d'importance, je dis. Je peux donner tout ce que je décide de ne pas garder à une association caritative pour les mères célibataires. Je suis sûr qu'il y en a une quelque part.

Elle prend une autre bouchée de son dîner, sourit et secoue la tête. Elle ne semble pas le moins du monde contrarié par ma remarque, ce qui est une bonne chose.

– Toujours penser à l'avenir, se dit-elle. Tu devrais probablement acheter un berceau au magasin et pas en ligne.

– Pourquoi ?

Je suis curieux de savoir ce qu'elle pense. C'est une mère, et même si elle n'a pas la garde de son enfant, elle en sait probablement plus que moi sur les enfants.

– On ne peut pas savoir si le berceau est solide ou durable en ligne ou dans un catalogue. On a fait des excès pour la chambre d'enfant quand j'étais enceinte, mais je suis sûre que tu vas faire honte à mes habitudes d'achat.

Je fronce les sourcils. L'appelant pourrait-il être son ex-mari ? N'a-t-elle jamais l'occasion de parler à son fils ?

Je suis sûr que c'est un sujet délicat, mais Olivia ne parle jamais de l'un ou l'autre.

– Parles-tu souvent à ton fils ? Je demande.

C'est lui qui l'a appelée pendant le dîner ? Si c'était le cas, je ne peux pas imaginer qu'elle aurait ignoré l'appelant. Elle n'a pas l'air d'être le genre de mère qui ignorerait un appel ou un SMS, quelle que soit l'heure ou son emploi du temps.

Son visage se décompose et elle laisse tomber la fourchette, le métal s'entrechoquant contre la table. Les yeux d'Olivia s'élargissent et elle attrape l'ustensile, les joues rouges.

– Je, euh, il est mort, Jace.

Mon estomac se retourne.

Je n'en avais aucune idée.

– Je suis tellement désolé.

Il n'y a rien que je puisse dire pour la consoler, pour enlever cette douleur. Je ne lui pose pas d'autres questions.

Si elle veut me parler de lui, je l'écouterai. Mais je ne veux pas la repousser.

Elle acquiesce, les yeux rivés sur le reste de son repas non consommé. Olivia picore sa nourriture avec sa fourchette. Son appétit semble avoir disparu.

Le mien aussi.

– Je suis désolé, je répète.

Je n'avais pas l'intention de la contrarier ou de la mettre mal à l'aise.

– Oui, je crois que je vais prendre un bain chaud et me préparer à me coucher.

– Bien sûr, je m'occupe de la vaisselle, je lui propose.

La dernière chose que je veux, c'est qu'elle soit stressée pendant la grossesse. Cela n'aide personne, et je ne veux pas que son état émotionnel lui fasse faire une fausse couche, si c'est possible.

Elle emporte son assiette à la cuisine et la nettoie dans l'évier avant de disparaître dans le couloir.

Avec un gros soupir, je prends mon téléphone. Il y a une demi-douzaine d'appels manqués et de textos de Matteo.

J'attends que sa chambre soit fermée. Bien que je ne puisse pas voir sa chambre depuis la salle à manger, j'entends le claquement d'une porte que l'on ferme.

Debout, je prends ma vaisselle et nettoie le reste, en le jetant dans l'évier. Je passe en revue les textes. Il n'y a rien de spécifique de Matteo, juste me rappeler ou urgent, et mon préféré, décroche ce foutu téléphone, patron !

Je compose le numéro de Matteo, sans passer par la messagerie vocale. Il ne me laisse pas de messages d'une quelconque valeur. Juste pour le rappeler. Je connais sa routine.

– Enfin ! Il a l'air exaspéré.

– Qu'est-ce qui se passe ? Je demande. Pourquoi cette urgence ?

S'il m'appelle à plusieurs reprises en l'espace d'une heure, c'est que quelque chose ne va pas. J'essaie de cacher l'inquiétude dans ma voix et de rester calme. Peut-être qu'il réagit de façon excessive.

Quand est-ce que Matteo a réagi de manière excessive ?

A part prendre Olivia comme mère porteuse, ce n'était pas très conventionnel. Je lui ai donné du mou pour cette fois.

– Nous avons un problème. Il y a eu un incident sur les quais.

Je m'éclaircis la gorge et jette un coup d'œil dans le couloir, pour m'assurer que je suis seul. Il n'y a aucun signe d'Olivia.

– Quel genre d'incident ? Je demande.

– Les Caruso ont attrapé un de nos capos.

– Merde. (Je jure et je grimace.) Qui ? Je demande.

Je fais confiance à mes hommes, mais je ne peux m'empêcher de m'inquiéter. Les secrets doivent être gardés, et la torture peut être une méthode persuasive pour obtenir des informations.

Va-t-il divulguer des informations aux mains de Caruso et de ses voyous ?

– Andrea, dit Matteo.

– Comment c'est arrivé ?

J'ai besoin de chaque détail. Des erreurs comme celle-ci ne doivent plus se reproduire. Pas sous ma surveillance en tant que Don.

– D'après ce que j'ai compris, Andrea a été suivi jusqu'aux docks. Un des hommes de Caruso l'a suivi pendant le ramassage d'une cargaison.

Je pince l'arête de mon nez et exhale un lourd soupir. Andrea en sait plus qu'il ne le devrait. Il est une partie vitale de notre organisation. Je ne peux pas me permettre de perdre un atout, mais le pire c'est que Don Caruso le détient.

– Que suggères-tu que nous fassions ?

Bien que je ne prenne pas d'ordres de Matteo, j'apprécie sa perspicacité. Parfois il offre une perspective unique, et je veux entendre ses recommandations avant de donner mes ordres.

– Même si j'aime bien le gars, il ne parlera pas.

– Tu es sûr ? J'apprécie l'avis de Matteo, mais je ne peux m'empêcher de penser que n'importe qui peut être manipulé pour divulguer des secrets.

Surtout ceux qui ont des informations qui pourraient nuire à notre opération.

– Raisonnablement, monsieur.

– Si on le laisse entre les mains de Don Caruso, c'est comme s'il était mort, je dis.

Je déteste perdre des hommes, surtout des hommes bons. Mais partir en guerre pour l'arrestation d'un seul homme serait bien plus dangereux et risqué. Ça pourrait détruire tout ce que j'ai accompli.

Et c'est le coup de force de Caruso.

Il veut me détruire et faire s'écrouler mon empire.

– Monter une mission de sauvetage pourrait mettre plus d'hommes en danger, des dizaines de plus, dit Matteo.

Je suis d'accord, mais ne rien faire montre de faiblesse. Ça prouve à Luka Caruso qu'il peut faire ce qu'il veut. Qu'il dirige cette ville, et c'est loin d'être le cas.

– Et rester les bras croisés pendant qu'il massacre mes hommes n'est pas quelque chose que je suis prêt à accepter, je dis.

Il y a de la fermeté dans mon ton, de l'audace dans ce qui s'est passé et qui me donne envie de riposter.

Je n'aime pas savoir que mes hommes, ma famille, sont en danger.

Je leur offre une protection, et si je ne peux pas le faire, je suis aussi bon que mort.

– Je comprends, monsieur. Vous avez demandé ma position. Le plus sûr est de laisser les choses s'installer et de contre-attaquer quand ils s'y attendent le moins, dit Matteo.

C'est un homme raisonnable, mais il ne comprend pas ce qu'il risque en attendant et en ne répondant pas. Caruso agira à nouveau, et il doit être arrêté.

A tout prix.

J'entends la porte se refermer.

– Olivia ? Je l'appelle.

Je suis un peu sur les nerfs après la nouvelle que Matteo vient de m'annoncer.

Olivia ne répond pas.

– Je vais devoir te rappeler, Matteo.

– Bien sûr, patron.

Je termine l'appel et mets le téléphone dans ma poche. Les lumières sont allumées dans le couloir, et l'alarme est réglée. Elle n'a pas encore sonné. Je suis sûr que j'exagère, mais il ne faut pas faire confiance à Caruso.

S'il peut atteindre un de mes capos, un homme entraîné à tuer, alors il peut atteindre Olivia.

J'espère que je suis paranoïaque.

Cet endroit est une forteresse. Il ne devrait pas être entre ces quatre murs, mais je ne peux m'empêcher de m'inquiéter.

Je me promène dans le couloir. La porte de la chambre d'Olivia est ouverte. Il y a une salle de bain privée reliée à sa chambre, donc je suis surpris que la porte ne soit pas fermée. A moins qu'elle ne cherche ma compagnie ?

J'en doute.

Je vais trop loin.

Nous sommes juste des amis. Des collègues. Je suis son patron. C'est tout. Et elle porte mon enfant, mais ce n'est pas romantique. Ce n'est pas que je n'ai pas de sentiments pour elle, mais je ne l'ai pas fait. Je ne suis pas un vrai connard.

Je passe la tête dans sa chambre.

La lampe de chevet est allumée. Elle émet une douce lueur ambrée dans la pièce, les ombres dansent sur les murs et le lit. Mais il n'y a aucun signe d'Olivia.

La porte de la salle de bain est aussi ouverte.

Mon estomac se tend.

– Olivia ?

Ok, maintenant je suis inquiet.

Où diable est-elle allée ? Elle n'a pas pu disparaître comme ça. Les fenêtres sont fermées. La porte d'entrée est fermée. Bon sang, elle aurait dû passer devant moi pour sortir par la porte d'entrée.

A moins qu'elle ne se soit faufilée par la porte de derrière. Mais pourquoi ? Et l'alarme se serait déclenchée. Le clavier n'indique pas que quelqu'un a activé ou désactivé l'alarme.

La porte de mon bureau s'est ouverte en grinçant, et Olivia est sortie, me regardant avec des yeux écarquillés. Sa main est serrée en un poing.

Est-ce qu'elle cache quelque chose ? A-t-elle volé quelque chose dans mon bureau ?

– Mais qu'est-ce que tu fais ?

CHAPITRE SEIZE

OLIVIA

Jace réduit la distance entre nous.

Merde. Merde. Merde.

Je ne m'attendais pas à me faufiler dans le hall et à me faire prendre.

Qu'est-ce que je lui dis ?

Quelle excuse puis-je utiliser pour sortir mon cul de l'eau chaude ?

Il m'a posé une question, exigeant de savoir ce que je faisais, et je n'ai pas encore répondu.

Il n'y a pas de bonne réponse qu'il va aimer entendre. J'ai l'impression d'être une biche au milieu de l'autoroute avec des voitures qui arrivent en sens inverse.

Je suis gelée, et il est sur le point de me rentrer dedans.

Je suis morte.

– Réfléchis bien à ce que tu vas dire, prévient Jace.

Il est énervé. Ce n'est pas seulement son ton qui indique qu'il est furieux comme l'enfer. C'est la veine qui gonfle dans son cou, et son visage est rouge vif.

– Je suis désolée, je bégaie.

– Pourquoi ?

Il attend une explication, mais je n'ai pas envie d'en donner une. Du moins pas une qui soit honnête. Il me détesterait, me renverrait, et je ne sais même pas ce qu'il adviendrait de l'enfant que je porte et de notre arrangement.

J'ai besoin de cet argent.

C'est ma façon de me sortir de cette dette envers Caruso.

Mon seul moyen de m'en sortir.

– Je n'aurais pas dû aller fouiner.

Ce n'est pas un mensonge, mais est-ce suffisant ?

Il tressaille, et son regard se resserre.

– As-tu trouvé ce que tu cherchais ?

Ma bouche est sèche. Je traîne les pieds, mal à l'aise sous son regard. Je ne suis pas sûre de ce que je cherchais, seulement que Caruso voulait que je copie des fichiers sur une clé USB, qui se trouve dans ma paume.

J'essaie d'être décontracté avec mes mains repliées en poings.

– Les documents dans votre bureau, vous possédez des sociétés écran ? Je ne devrais pas demander, mais je suis curieuse maintenant que j'ai regardé.

C'est comme ouvrir la boîte de Pandore. Je ne peux pas remettre ce foutu couvercle en place assez vite.

– Je possède de nombreuses organisations et plusieurs sociétés, dit Jace. Quelle est ta question ?

– Sont-elles toutes des sociétés légales ?

Il se moque de ma question.

– Si elles ne l'étaient pas, ne pensez-vous pas que le FBI viendrait frapper à ma porte ? Je suis sous les feux de la rampe, Mme Summers, dit Jace en se référant à moi par mon nom de famille.

C'est froid, impersonnel. C'est probablement le but. Il s'éloigne de moi.

Est-ce parce que je l'ai blessé ? J'ai trahi sa confiance ? Ou une autre raison ?

Il s'approche, s'immisçant dans mon espace personnel. Jace attrape mon poignet et ramène ma main vers son visage, en faisant levier sur mes doigts.

Il vole la clé USB de ma main.

– Je vais prendre ça, dit-il.

J'ouvre la bouche, mais je ne sais pas quoi dire.

Je suis désolée serait probablement un bon début, mais les excuses ne viennent pas. Je suis à la fois embarrassé et honteuse de mon comportement, mais mes actions ne correspondent pas à ce que je suis ou à ce que je représente. Je n'ai agi de la sorte que parce que je n'avais pas d'autre choix.

Caruso n'est pas un homme bon ou généreux.

Je dois espérer que Jace peut et veut me pardonner.

– Tu peux me donner une explication ?

Les yeux de Jace sont grands et il me fixe du regard. Il attend que je dise quelque chose.

Choc.

C'est la seule pensée rationnelle qui explique pourquoi j'ai perdu ma voix. Mon cœur bat à tout rompre. La peur m'envahit, mêlée à une forte poussée d'adrénaline.

Va-t-il me mettre à la porte, me forcer à devenir une sans-abri comme je l'étais avant de le rencontrer ?

Je ne lui en voudrais pas. Il mérite de me mettre dehors. Je devrais peut-être suggérer que je parte. Ce ne serait pas mieux ? Alors, Caruso ne peut pas continuer à me harceler pour des informations. Je ne peux pas lui donner ce à quoi je n'ai pas accès.

– Tu seras en colère contre moi, je râle.

Il me faut chaque once de force pour dire la vérité.

Son regard est intense, sévère. Il me met mal à l'aise.

Je baisse mon attention vers le sol. C'est plus facile de ne pas répondre à son regard dur. Il attrape mon menton et le soulève, me forçant à rencontrer ses yeux.

– Explique-toi !

Ses mots sont tranchants.

Un frisson me parcourt.

– Luka Caruso, je murmure les mots.

Est-ce qu'il connaît le truand ?

Jace est un milliardaire. Il ne se salit pas les mains dans la politique de la mafia.

– Et lui ? Jace ricane.

Est-il possible qu'il ait entendu parler de lui ? Ce n'est pas comme si les Caruso étaient un groupe tranquille de mafieux. Ils malmènent les entreprises du quartier, les forcent à payer une taxe de protection ou envoient leurs soldats voler les vitrines.

Ce n'est pas un secret qu'ils sont un gangster d'ennuis.

J'expire un souffle tremblant, et Jace relâche sa prise sur mon menton et mon bras, me laissant partir. Il attend mon explication.

J'envisage de courir, mais jusqu'où irais-je ? Je lui dois la vérité. Il trouvera peut-être un moyen de me protéger s'il ne me déteste pas d'abord et ne me livre pas aux autorités pour l'avoir volé.

– J'attends.

Jace n'est pas l'homme le plus patient, surtout quand il s'agit de trahison. Il est bien dans mon espace personnel, et je me retiens de faire un pas en arrière.

– Mon ex-mari, John, a emprunté des dizaines de milliers de dollars à la mafia. Il a contracté un prêt et ne l'a jamais remboursé en totalité. Quand John s'est enfui, Luka Caruso a continué à me harceler pour l'argent. Il m'a proposé un plan de paiement avec un montant exorbitant d'intérêts, mais si je payais chaque semaine, il me laisserait vivre. Six mois plus tard, John est revenu et m'a rendu la vie encore plus difficile. Je gérais les paiements. Je faisais les extrémités pour Austin et moi-même. Mais John voulait revenir à la maison. Je n'aurais jamais dû le laisser revenir. Il surveillait Austin la nuit de l'incendie, dis-je.

J'ai pris une grande inspiration. Je ne développerai pas. Les souvenirs sont encore trop frais, trop crus.

C'est plus facile de se dissocier. Ce n'est peut-être pas sain, mais c'est comme ça que je fais face à ce qui s'est passé. C'est la seule façon que je connaisse.

– John est mort dans l'incendie. Austin n'a pas succombé à ses blessures immédiatement. Au lieu de cela, il a accumulé des centaines de milliers de dollars en factures médicales pour ses brûlures avant de mourir. Les factures médicales ont continué à s'empiler. L'hôpital se fichait que mon fils et mon mari soient morts. La mafia ne s'est pas souciée du fait que j'avais des frais médicaux et que je ne pouvais pas payer l'hypothèque. La banque a pris ma maison, et les agents de recouvrement ont pris chaque centime que je gagnais. Il ne restait rien pour la mafia.

Sa langue sort et lèche le coin de ses lèvres. Jace semble perdu dans ses pensées. Est-ce qu'il me croit ? C'est la vérité, tout ce que j'ai dit. Je ne lui ai jamais menti.

– Luka Caruso est un homme dangereux.

Je suis consciente de ce fait, et c'est pourquoi je suis terrifiée par lui.

– Je sais ! Penses-tu que je veux lui être redevable ? Cet homme me possède pratiquement. Du moins, il le pense. Et je ne peux pas simplement m'éloigner de lui. Il ne me laissera pas faire. J'ai essayé.

– A-t-il demandé que tu ailles fouiner dans mon bureau ? Jace demande.

Il fait un pas en arrière et croise ses bras sur sa poitrine. Sa posture, bien que fermée, est plus détendue que tout à l'heure. C'est un mélange étrange, comme s'il essayait de décider quelque chose, mais je ne suis pas sûr de quoi.

– Il m'a donné la clé USB et m'a demandé de copier les fichiers de ton ordinateur personnel.

Il n'y a aucune raison de lui mentir. Je me suis déjà fait prendre. Tout ce que je peux espérer c'est son pardon, et peut-être qu'il pourra m'aider à sortir de ce pétrin.

CHAPITRE DIX-SEPT

Jace

Je veux frapper quelque chose.

Quelqu'un.

Principalement ce connard de Don Caruso. Il mérite une raclée. Mais je ne peux pas simplement me rendre chez lui et frapper à la porte.

C'est plus compliqué que ça, mais s'il a surveillé Olivia, peut-être que ça n'a pas à l'être.

– Comment t'a-t-il contacté ? Je demande.

J'ai besoin de tout savoir sur leur relation. Je grimace, priant pour que ce ne soit en aucun cas intime.

Olivia a signé un contrat l'engageant à s'abstenir de toute relation avec d'autres hommes pendant qu'elle essayait de tomber enceinte de moi.

Elle a la tête baissée, le regard fixé sur ses pieds.

– Il a appelé mon téléphone, a fait livrer un paquet au bureau et m'a menacé plus tôt dans la journée alors que j'allais déjeuner.

Je serre les mains en poings sur le côté. Pourquoi n'aurait-elle pas pu m'accompagner au déjeuner quand je l'ai invitée ? Au moins, cette ordure ne l'aurait pas approchée si j'avais été avec elle.

– Tu as besoin d'un garde du corps.

C'est la première chose à faire demain matin. Un de mes hommes l'accompagnera partout où elle ira sans que je sois avec elle. Que ce soit pour un rendez-vous chez le médecin ou un déjeuner, je ne laisserai plus Caruso l'atteindre.

– C'est nécessaire ? Olivia demande.

– Absolument ! (Sa protection et sa sécurité sont de la plus haute importance. Ne le réalise-t-elle pas, si ce n'est pour son bien, alors pour le bébé qu'elle porte ?) Tu es enceinte de mon enfant. Cela fait de toi une cible.

Elle lève ses yeux bleu brillant vers moi et expulse un léger souffle d'air.

– Ok.

Elle ne me résiste pas.

Je ne sais pas pourquoi je m'attends à ce qu'elle le fasse, peut-être parce qu'elle ne semble pas être le genre de fille à céder. Elle a toujours eu des opinions tranchées, du moins depuis que j'ai l'occasion de la connaître.

– Parlez-moi de ce paquet qu'il a fait livrer au bureau.

Je lui attrape le coude et la guide pour qu'elle m'accompagne au salon pour s'asseoir. Cette conversation n'est pas près de s'arrêter, et je ne la laisserai pas s'éclipser au lit sans répondre.

Je le mérite bien, vu sa trahison.

N'importe qui d'autre, et ils auraient été tués.

Elle ne se bat pas le moins du monde. Olivia m'accompagne au salon et s'installe dans le canapé en peluche.

Je m'assois à côté d'elle, laissant un grand espace entre nous. Je jette un coup d'œil à la cuisine. Je prendrais bien un verre, quelque chose de fort pour m'aider à calmer mes entrailles. L'adrénaline m'envahit et mon cœur bat contre ma cage thoracique. Il faut tout ce que j'ai en moi pour rester assise comme si j'étais calme.

Je ne me sens pas du tout calme ou posé, mais je n'indique pas à Olivia le contraire. Je dois être calme et posé. Cela fait partie du rôle de Don, ne pas laisser mes hommes ou mes ennemis voir la peur ou l'incertitude.

– Il n'y avait pas grand-chose. Une note me menaçant de répondre à mon téléphone, que j'ai laissé chez toi exprès. Il m'a envoyé des SMS, m'a dérangée, sans arrêt, dit Olivia.

Elle semble sincère, et son comportement ne me montre pas qu'elle cache quelque chose. J'ai vu des hommes frileux détourner le regard, éviter mon regard. Ses épaules sont affaissées, un signe de défaite, pas de défi.

– Rien d'autre ? Je demande.

– La clé USB, dit-elle en désignant l'appareil dans ma paume. Je ne sais pas ce qu'il attendait que j'en fasse, et je n'avais pas prévu de faire quoi que ce soit. Mais ensuite il t'a menacé.

– Moi ? Je ris devant l'absurdité de la menace.

Elle ne faisait pas ça pour protéger son cul ? C'est ce que j'attendais. Je ne l'aurais pas blâmée pour s'être sauvée elle-même. Ce n'est pas comme si elle savait comment gérer des hommes comme Luka.

Olivia lève lentement les yeux pour croiser mon regard.

– Oui, il pensait que nous couchions ensemble puisque je vis ici.

Je pousse un soupir de soulagement. Au moins, il n'a pas réussi à pirater mon avocat et à découvrir la trace écrite entre Olivia et moi ou à trouver des enregistrements avec mes informations de l'agence de mères porteuses que j'avais précédemment contactée.

– Je vois, je dis. Il devrait croire que nous sommes ensemble. Comme ça, il ne sera pas surpris par une visite quand je me pointerai et le menacerai au cul pour avoir dérangé ma petite amie. Je vais m'occuper de Caruso. Il ne t'embêtera plus.

En plus, je dois encore m'occuper du capo, Andrea, qui a été enlevé. C'est une crise après l'autre.

Sa voix est timide, craintive.

– Comment ?

Elle a peur qu'il m'arrive quelque chose ? Elle ne sait pas que je dirige la mafia, que les Caruso sont une famille rivale, et cela me donne une excuse pour massacrer leurs hommes. Ils ont pris un des miens. Ils ont menacé la femme qui porte mon enfant. C'est le moment de se venger.

Moins que ça, et j'aurai l'air faible.

CHAPITRE DIX-HUIT

OLIVIA

Il n'a pas parlé de Caruso depuis la nuit où il m'a surpris dans son bureau avec la clé USB. Tout ce qu'il m'a dit c'est que c'était fait, et que j'étais en sécurité.

Qu'est-ce qui était fait ?

A-t-il tué Luka ?

Cet homme était un monstre, mais tuer un autre homme ne rend pas les choses plus justes.

Ce sont probablement les hormones et le cerveau de la grossesse qui me font fantasmer sur ce que Jace a fait pour forcer Caruso à me laisser tranquille. Je veux croire qu'il est parti et qu'il ne pourra plus jamais m'ennuyer, mais je fais toujours des cauchemars où il me menace.

Jace est un milliardaire. Il a probablement juste payé le voyou. C'est ce que font les gens riches, non ? L'argent résout tous leurs problèmes.

Depuis l'incident, j'ai un garde du corps à la demande de Jace. Est-ce que Jace pense que les hommes de Caruso vont s'en prendre à moi ? Sinon pourquoi avoir quelqu'un qui me suit partout où je vais ?

Est-ce que je devrai toujours surveiller Luka par-dessus mon épaule ?

Jace me conduit au travail. Quand je refuse, il insiste pour que Matteo passe sur le chemin du bureau, qui est dans la direction opposée.

Je n'ai pas besoin que Matteo me déteste. J'aime mon travail, et une petite partie de moi espère que je pourrai le garder après la grossesse.

Matteo m'accompagne au déjeuner si Jace n'est pas là ou est occupé. Si c'est après les heures de travail, il n'y a pas beaucoup d'endroits où je peux aller seule. Parfois je vais faire du shopping, mais Matteo m'a accompagnée une fois, et après ça, c'était toujours un autre garde.

Est-ce que je l'ai ennuyé à mourir ?

Bien.

– Je m'en vais. Tu as fini ? Jace demande, en s'arrêtant à mon bureau.

Ses journées sont devenues plus typiques, moins de soirées tardives depuis qu'il insiste pour me ramener à la maison.

Il plane au-dessus de mon bureau, et je suis sûre que les rumeurs commencent à se répandre. J'ai à peine commencé à prendre des seins, mais d'un jour à l'autre, je vais éclater. Mes pantalons de travail sont déjà difficiles à enfiler, et même si j'aimerais mettre ça sur le compte de mes habitudes alimentaires ces derniers temps, c'est probablement le fait que je suis très enceinte.

– Je ne sais pas, j'ai fini, patron ? Je demande avec un sourire en coin.

On ne sort peut-être pas ensemble, mais j'ai l'impression qu'il y a quelque chose entre nous, à part la petite bosse dans mon ventre.

– Viens, je vais te raccompagner, me dit-il.

J'éteins mon ordinateur et attrape mon manteau, que j'enfile en contournant mon bureau.

Il appuie sur le bouton de descente de l'ascenseur alors que je m'approche.

– Que dirais-tu de manger un morceau et de faire un peu de shopping ? demande Jace.

Je n'ai pas la moindre idée de ce qu'il veut acheter. Est-ce que je l'accompagne parce que je n'ai pas d'autre moyen de rentrer ou parce qu'il veut vraiment passer du temps avec moi ?

– Du shopping ? J'ai hâte de partir maintenant, et il est presque 17 heures de toute façon.

– Ouais, des trucs pour le petit haricot, dit Jace quand les portes de l'ascenseur s'ouvrent.

Il me fait signe d'entrer en premier avant de m'accompagner, les portes se refermant derrière nous.

L'ascenseur est vide. Je suis reconnaissante pour l'intimité entre nous. Enfin, à part la surveillance de sécurité, mais je ne pense pas qu'ils puissent nous entendre.

Le peuvent-ils ?

– Bientôt, le haricot va avoir la taille d'une pastèque, je glousse.

– Ouais, pas avant que ce soit une tête de citron d'abord.

Je suis presque sûr que le bébé est déjà plus gros qu'une tête de citron. Peut-être qu'il a la taille d'un citron. Il faudrait que je sorte le livre de bébé pour voir à quel point le petit est déjà grand, mais j'ai essayé d'éviter l'intimité émotionnelle et la connexion.

Je veux être heureuse pour Jace quand je lui remettrai son fils ou sa fille, pas triste. Je suis sûre que c'est un mélange d'émotions, et avec les hormones comme elles sont, ce sera inévitablement des montagnes russes.

– Qu'est-ce qui se passe avec toi et les bonbons ? Je le taquine.

Je ne l'ai jamais vu grignoter des bonbons. Bien sûr, il a déjà eu de la malbouffe chez lui, mais il mange surtout sainement, et tout ce qu'il cuisine est toujours nutritif.

– J'aime mes sucreries.

L'ascenseur descend vers le parking, et Jace m'accompagne jusqu'à sa voiture, en ouvrant la porte pour moi.

Il n'a vraiment pas besoin de faire ça, mais je souris et apprécie plutôt son charme. C'est chevaleresque.

Et même si je ne devrais pas trouver tout ce qu'il fait mignon ou attirant, c'est difficile de ne pas le remarquer quand je le vois tous les soirs.

J'ai bouclé ma ceinture de sécurité, il s'est précipité du côté du conducteur et est monté dans le véhicule.

– Où allons-nous ? Je demande à nouveau.

Son commentaire sur le shopping est bien trop énigmatique pour Jace. C'est le genre de réponse que je donnerais à l'un de ses gardes du corps quand il est obligé de m'accompagner.

– Dîner, et j'aimerais avoir ton avis sur quelques trucs de bébé.

Il sort la voiture du parking.

La circulation est dense, mais son attention se porte sur la route pendant que nous conversons. Ses mains sont sur le volant, prudentes lorsqu'il s'engage dans la circulation. C'est un conducteur calme, bien plus calme que moi dans le trafic urbain et face aux idiots.

– Oh, dis-je, surprise qu'il veuille que je m'implique.

Je pose une main sur mon ventre. Je n'ai pas encore senti les coups de pied du bébé, seulement de légers battements à peine perceptibles, mais ayant déjà été enceinte, je perçois les mouvements les plus subtils.

– Ca ne te dérange pas ?

Il s'éloigne déjà de la maison, mais je ne suis pas le moins du monde nerveuse. Je fais confiance à Jace.

Ce en quoi je n'ai pas confiance, c'est en ma capacité à ne pas flirter avec lui.

Jace est beau, incroyablement riche, et l'homme le plus généreux que j'ai jamais rencontré. C'est difficile de ne pas tomber amoureuse de quelqu'un qui vous offre constamment de l'attention. C'est probablement comme ça que mon léger béguin a commencé.

Du moins, j'aime à penser qu'il est petit, de la taille d'une tête de citron. C'était probablement la taille d'un haricot la semaine dernière.

Merde.

Le gamin grandit aussi vite que mon béguin.

Jace me regarde, attendant une réponse. Il a l'air préoccupé par le fait que je ne lui ai pas dit que je suis d'accord pour sortir avec lui pour regarder des objets pour bébé.

– Non, bien sûr, je dis et je souris, sincèrement excitée de faire partie de ce processus. Je ne pensais pas que tu voudrais mon avis.

– Tu es une maman. Tu es déjà passée par là, me rappelle Jace. C'est ma première fois.

Je souris faiblement. Je suis toujours une maman. Même avec Austin parti, ça ne change rien.

– Tu seras un père formidable, je dis, et je le pense.

Il a été merveilleux avec moi, généreux. Je ne peux que l'imaginer être génial avec son fils ou sa fille.

– Merci, mais tu es obligé de dire ça. C'est moi qui te paie, me taquine Jace.

Il paie mon salaire dans l'entreprise et une allocation supplémentaire par mois pour les frais de grossesse. Bien sûr, c'est un peu plus que de simples dépenses. Les zéros supplémentaires sur les chèques sont bien plus généreux que ce que n'importe quelle agence fournirait à la mère porteuse.

– Quand même, c'est vrai. (Je souris et regarde par la fenêtre. Il fait chaud ici ? Mes joues sont chaudes. J'attrape le thermostat.) Ça te dérange ?

– Mets-toi à l'aise, dit Jace.

Après un dîner chic où je me sens mal habillée, même dans ma tenue de travail, Jace nous conduit à quelques rues de la boutique pour bébés la plus proche.

C'est cher, haut de gamme, et honnêtement, personne n'a besoin de dépenser des milliers de dollars pour un hochet ou des chaussures de bébé en argent que le nouveau-né ne pourra pas porter.

Il y a l'exagération, et puis il y a le fait de chercher à gaspiller de l'argent parce qu'ils vous voient arriver et savent que vous êtes un milliardaire. Je ne le laisse rien acheter et je le traîne hors du magasin en moins de cinq minutes.

– Je croyais qu'on faisait du shopping ?

Les sourcils de Jace sont froncés. Il ne semble pas comprendre ce dont un bébé a besoin et ce qu'un magasin veut vous vendre.

Je rigole dans mon souffle.

– Tu n'es pas sérieux !

– Quoi ? Vous ne pensez pas que le petit bonbon a besoin d'une sucette en or ?

Mes paupières se rétrécissent, et il sourit.

– Et si je t'emmenais quelque part ? dis-je en tendant les mains pour les clés de la voiture alors que nous retournons vers son véhicule.

– Tu veux conduire ma voiture ? demande-t-il. Tu pourrais juste me donner des indications.

– Tu pourrais juste me donner les clés, je dis.

Pourquoi est-il si têtu ? C'est juste une voiture, et il en a plein d'autres dans son garage.

Jace fait tinter les clés juste au-dessus de ma main pendant une seconde avant que je ne les prenne dans ma paume.

– Allez, je veux bien t'emmener faire du shopping, mais je ne sais pas ce dont tu as besoin ni où tu comptes le mettre chez toi.

L'homme a déjà dépensé l'équivalent de mon salaire en achats de bébés en ligne.

Il glousse dans son souffle.

– Je comprends, mais j'ai quand même envie de sortir ce soir.

– Oh, alors c'était ta façon de me faire sortir pour un rendez-vous ? Je le taquine en m'approchant de sa voiture.

Je déverrouille les portes et me glisse du côté du conducteur.

Ses yeux s'écarquillent et ses oreilles rougissent à ma suggestion.

– Je ne suggérais pas que c'était un rendez-vous, Olivia. Si je voulais que ce soit un rendez-vous, j'aurais été direct et je t'aurais demandé de sortir avec moi.

Un sourire se détache de mon visage alors que je monte dans la voiture et que je m'installe au volant.

– D'accord, je dis.

J'évite son regard pendant que je règle les rétroviseurs, puis je démarre le moteur et m'engage dans la circulation.

La voiture se conduit pratiquement toute seule. Je ne m'en étais pas rendu compte quand j'étais le passager.

– J'ai fait une pause dans les rendez-vous, dit Jace.

Je ne sais pas trop pourquoi il m'explique sa vie amoureuse ou son absence de vie amoureuse ; peut-être parce que je l'ai mis dans l'embarras.

– C'est bon. Ce ne sont pas mes affaires, dis-je.

Je me dirige vers le magasin le plus proche pour acheter des articles pour bébés. Si Jace a pratiquement tout prévu pour la chambre de bébé, il n'a pas acheté beaucoup de vêtements. Quelques tenues pour un nouveau-né, mais un nourrisson peut changer plusieurs fois de vêtements en une journée.

– Même si ça ne te regarde pas, je pense que je dois t'expliquer, dit Jace.

Je le laisse parler pendant que je me concentre sur la route et sur le fait de nous amener à destination.

– Tu vis sous mon toit, tu portes mon enfant. Ce ne serait pas bien de ramener des femmes au hasard à la maison.

– Elles n'ont pas besoin d'être aléatoires, je dis, en lui lançant un regard.

C'est tout ce qu'il fait, coucher à droite et à gauche et avoir des aventures d'un soir ?

CHAPITRE DIX-NEUF

Jace

Il y a une tension évidente entre nous, et je ne sais pas si c'est parce qu'Olivia pense que je couche à droite et à gauche ou si j'ai complètement raté le coche.

C'était une mauvaise idée de l'inviter à faire du shopping pour le bébé avec moi ?

J'aime passer du temps avec elle. Ça ne devrait pas être un crime. Elle est amusante d'une manière que je n'ai jamais connue auparavant.

Je n'ai pas l'habitude de garder les femmes autour de moi. Ce n'est pas que je méprise les rendez-vous, mais c'est difficile quand tout le monde sait que vous êtes riche. Les femmes se jettent généralement à mes pieds pour ma fortune.

Elles ne me veulent pas. Elles veulent ce que je peux leur offrir.

Olivia est différente.

C'est ce que j'aime chez elle. Dès notre première rencontre à mon bureau, elle ne m'a pas regardé comme si j'avais la clé du royaume et un trésor entier qu'elle pouvait s'approprier. Bien sûr, elle sait que j'ai des tonnes d'argent, mais elle n'est pas consciente des autres pouvoirs que je détiens.

En particulier, les plus sombres qui sont beaucoup plus sinistres. C'est mieux de la garder dans l'obscurité.

Ce qu'elle ne sait pas ne lui fera pas de mal. N'est-ce pas la vérité ?

– Tu es silencieuse, dit Olivia alors que nous nous promenons l'une à côté de l'autre sous la lumière crue d'un éclairage fluorescent.

Je pousse un chariot, non pas parce que j'ai l'intention d'acheter quelque chose de précis, mais parce que ça me semble être la bonne chose à faire. Je n'attends pas d'Olivia qu'elle pousse le chariot.

Je pince les lèvres.

– As-tu assez de vêtements de maternité ? Je demande.

Elle hausse un sourcil et s'arrête de marcher.

– On ne fait pas les courses pour moi, dit Olivia.

Elle a raison, mais je ne veux pas l'admettre. Je continue à me promener dans l'allée des vêtements pour nouveau-nés. Il est trop tôt pour savoir si c'est un garçon ou une fille.

Est-ce que je veux même connaître le sexe avant que le bébé soit né ?

Je veux un fils, un héritier de la famille Barone, mais élever un enfant. Putain. Je ne sais pas du tout comment faire ça.

Pourquoi ai-je pensé qu'être un père célibataire était une bonne idée tout en étant un Don ?

Putain, à quoi je pensais ?

Olivia fait claquer ses doigts devant mes yeux.

– Où es-tu parti, Jace ?

Elle ne peut pas connaître mes doutes et mes peurs.

Don Caruso est toujours dans la nature. J'ai une équipe de sécurité sur Olivia partout où elle va. J'ai mes hommes qui me suivent partout où je vais.

Sauf qu'ils ne vivent pas avec moi. Ils n'en avaient pas besoin.

Ma maison est séparée de mon travail.

Le complexe où mes hommes vivent, interrogent des sauvages sans pitié, et commandent la ville n'est pas loin de chez moi. Mais j'aime séparer le travail du plaisir. Et ma maison permet d'amener facilement des femmes à la maison pour une nuit sauvage sans avoir à répondre à mille et une questions.

Du moins, jusqu'à ce que je rencontre Olivia.

Elle ne sait rien du complexe, et je n'ai pas l'intention qu'elle le découvre non plus. Il n'y a pas besoin de la protection que j'ai mise sur elle, un garde du corps partout où elle va. C'est une nécessité après avoir appris les menaces de Luka.

Je tuerais ce salaud si je pouvais entrer chez lui sans me faire repérer. Mais ce n'est pas si facile. Il a des dizaines d'hommes, prêts à m'abattre avec leurs armes.

Sans mot dire, je me dirige avec le caddie vers les vêtements pour nouveau-nés.

– Un indice pour savoir si c'est un garçon ou une fille là-dedans ? Je lui offre un sourire.

Il est amical et chaleureux, mais je ne ressens que de la peur.

Je fais de mon mieux pour masquer le doute, la peur qui me suit comme un mafieux. Elle n'aura jamais à connaître la vérité.

Je me le répète, je veux que ce soit vrai.

Elle pose une main sur son abdomen.

– Difficile à dire, dit-elle en fronçant le nez avec un sourire.

Derrière elle, à quelques mètres, se trouvent deux des hommes de Caruso. Ils nous observent de loin et attendent de passer à l'action.

Elle n'est pas consciente de leur présence, et je ne veux pas l'inquiéter. Mais nous ne pouvons pas rester là et attendre qu'ils se rapprochent de nous. Ils ne sont pas assez stupides pour faire un geste à l'intérieur du magasin et blesser physiquement Olivia ou moi. Mais ils pourraient nous forcer à sortir, et c'est là que le danger se cache.

Les hommes de Caruso n'ont aucune idée de qui est Olivia pour moi. Ils pensent que c'est une autre femme avec qui j'ai couché, mais il est certain que si on nous découvre dans l'allée des bébés, Luka le saura.

Je la tire contre moi, avec force et brutalité. C'est un acte, un spectacle pour les hommes qui regardent. Nos corps sont serrés, ma main est sur le bas de son dos. J'ai envie de glisser ma main sur ses fesses, mais je me retiens d'en profiter. Autant que je le veuille, il y a trop de choses en jeu.

— Jace ?

Il n'est pas étonnant qu'elle ait l'air décontenancé. Je n'ai jamais montré d'intérêt pour elle sur le plan romantique, mais je n'ai pas d'autre choix que de faire croire aux hommes qui me regardent qu'elle est à moi. En effet, ils retourneront dans leur enceinte et diront que la fille est, en fait, ma petite amie.

Je dois être convaincant.

Et même si je ne veux pas la mettre en danger, je l'ai déjà fait en parcourant les allées des bébés. Je peux aussi bien leur montrer qu'elle est à moi. Découvrir qu'elle est une mère porteuse pourrait être bien pire, car la seule chose qui se tient entre nous est ce bébé.

Je suis un salaud d'avoir mis la vie d'Olivia en jeu au lieu de celle de mon enfant.

Je la serre plus fort, plus fort, et mes lèvres écrasent les siennes. Je la réclame et je montre à tous qu'elle est avec moi, sous ma protection.

Je fais le serment de protéger la femme qui porte mon enfant, mais par-dessus tout, je fais le serment de protéger mon enfant à naître. Le bébé qu'elle va avoir, mon héritier au trône des Barone.

CHAPITRE VINGT

OLIVIA

Il m'a embrassé. Jace Barone m'a vraiment embrassée.

Et bon sang, ça fait du bien - mon estomac est parcouru de papillons. Mon cœur s'élève comme si je flottais au-dessus des nuages, et aussi vite que tout a commencé, la chaleur et la passion, c'est fini.

Jace se retire et enroule un bras autour de mes épaules.

– Sortons d'ici, dit-il en m'éloignant du chariot, qu'il abandonne en me dirigeant vers la sortie.

– Ok, je chuchote.

Mes lèvres picotent après le baiser.

Jace embrasse vraiment bien. Comme s'il savait comment faire vibrer mes entrailles, et mon corps tombe sous son charme.

Je n'ose pas demander pourquoi il m'a embrassée. Je ne veux pas briser la transe.

Est-ce que je rêve ?

Je me fiche de savoir si c'est un rêve. C'est merveilleux. Un rêve devenu réalité. Il a peut-être compris que ses sentiments pour moi ne se limitent pas à l'idée d'avoir un bébé, mais qu'il y a quelque chose de plus.

Jace m'accompagne jusqu'à la voiture, m'ouvre la porte d'entrée et attend que je sois attachée avant de fermer la porte et de venir du côté du conducteur.

C'est un vrai gentleman.

Est-ce parce qu'il va être père ?

Est-ce qu'il me veut dans sa vie ?

Dès que Jace ferme la porte et démarre la voiture, il fait tourner le moteur, et nous sortons du parking. La fumée et la poussière s'élèvent derrière nous.

Il est pressé.

– Désolé pour le baiser tout à l'heure. Je devais le rendre convaincant.

– Convaincant, je dis, répétant ses mots lentement.

Le brouillard se dissipe, mais je n'ai pas la moindre idée de ce qu'il raconte.

– Je ne peux pas laisser quoi que ce soit arriver à ce petit que tu portes, et il y a des hommes dangereux qui me surveillent toujours. Ils te surveilleront toujours. C'est pourquoi j'ai engagé un garde du corps pour t'accompagner partout, mais ce n'est pas suffisant. Loin s'en faut. Pas avec la nouvelle que tu es enceinte. On doit juste s'assurer que c'est convaincant que nous sommes amoureux et que ce n'est pas un arrangement commercial.

J'ai l'impression que ma tête tourne.

– Jace, de quoi est-ce que tu parles ?

Mon estomac se crispe. Mes mains tremblent, et je les plaque contre mes genoux, en espérant qu'il ne remarque pas le léger tremblement.

Tout ce que j'ai mangé au dîner dégringole dans mon estomac.

S'il vous plaît, ne le laissez pas sortir.

– Les hommes de Caruso nous observaient au magasin.

– Quoi ? J'halète.

Il fait une chaleur à crever dans la voiture - la sueur perle sur mon front. Je baisse la vitre, j'ai besoin d'air.

Jace appuie sur le bouton pour fermer la fenêtre, puis les verrouille toutes avec le bouton de sa porte.

– Ce n'est pas sûr.

Je veux sortir du véhicule.

Courir.

Fuir.

Est-ce à cause de Luka Caruso et de la dette que je lui dois ?

Non, ça ne semble pas juste. Je ne le sens pas. Luka est un homme qui court après l'argent. Il m'a menacé dans le passé, et je suis sûr qu'il est capable de m'intimider, mais quoi qu'il se passe dans la tête de Jace, ce n'est pas la même chose.

Il y a un léger frémissement dans ma voix. Mais j'exige de savoir la vérité.

– En quoi ce n'est pas sûr ? Je demande.

J'ai besoin de réponses.

Il me doit le respect de me dire la vérité.

– Caruso n'était pas au courant de ta grossesse. Tu ne le montres pas, dit-il en me regardant. Pas encore.

Il se concentre à nouveau sur la route, les poings serrés sur le volant. De temps en temps, il jette un coup d'œil dans le rétroviseur.

Sommes-nous suivis ?

Il fait sombre. Je ne vois pas de phares dans le rétroviseur latéral, mais je soupçonne Jace d'être meilleur pour semer quelqu'un qui le suit. Bien que je ne sache pas pourquoi il aurait de l'expérience dans ce domaine, c'est un milliardaire, il n'est pas constamment poursuivi par des méchants.

– Je ne comprends pas. Tu as dit que tu allais t'occuper de cette affaire avec Luka Caruso.

Je n'avais pas demandé ce qu'il avait voulu dire par là, mais j'avais supposé qu'il était allé le voir avec une grosse somme d'argent, l'avait menacé et avait insisté pour que Luka me laisse tranquille.

N'était-ce pas ce qui s'est passé ?

– C'est plus compliqué que tu ne le penses, dit Jace.

– Tu ne sais pas ce que je pense. Dis-moi, Jace, qu'est-ce qui se passe, bon sang ?

Nous nous faufilons à travers les routes et les rues secondaires jusqu'à ce que nous finissions au cœur du centre-ville. Il y a une grande porte en fer forgé. Cela me semble familier, comme si celui qui a conçu cet endroit avait conçu la maison de Jace.

Il y a une architecture similaire au bâtiment derrière la barrière gardée. Mais il est plus grand. Beaucoup plus grand. Cela fait ressembler la maison de Jace à un cottage comparé au manoir qui s'étend sur des hectares de terrain.

Jace s'arrête à l'entrée, et un garde clique sur un bouton, déverrouillant la porte.

– Où sommes-nous ? Je demande.

Encore une fois, ma voix tremble.

Il y a beaucoup de choses que je ne sais pas sur Jace, et je ne devrais pas m'en soucier. Ça ne devrait pas avoir d'importance. On ne sort pas ensemble. Bon sang, nous ne sommes même pas un couple.

Je suis son associée, la mère porteuse de son enfant.

Mais je sens une noirceur que je ne peux pas expliquer planer sur cet endroit, comme une forteresse, gardée et protégée.

Mais pourquoi ?

– Qui es-tu ? Je chuchote, en le regardant.

Ma bouche est sèche, mon estomac est tendu. Dire que je suis nerveuse serait un euphémisme. Je suis terrifiée.

Jace garde des secrets. Mais je ne sais pas pourquoi. Il possède une énorme société, et il est milliardaire. Il serait logique qu'il ait des mesures de sécurité élaborées et des gardes. Ça ressemble plus à la maison que je m'attendais à voir lors de notre première rencontre. Pas le petit cottage de l'autre côté de la ville.

Mais c'est plus sombre, lourdement gardé, et quelque chose ne va pas.

C'est une maison-leurre ?

Est-ce que ça existe vraiment ? J'expire un grand et lourd soupir.

Jace gare le véhicule et en sort. Il s'approche de ma porte et l'ouvre. Je n'ai pas bougé d'un pouce. Je suis toujours attachée à mon siège.

– Viens. Nous devons te faire rentrer à l'intérieur.

Mon regard parcourt l'extérieur du bâtiment. Il est vieux, mais beau. L'extérieur est en brique et bien entretenu. Il y a trois étages, et le bâtiment s'élève au-dessus de nous.

– Je ne vais nulle part tant que tu ne m'as pas dit où nous sommes, j'exige.

Il me doit la vérité.

Il soupire et entre dans la voiture, se penchant sur moi pour détacher ma ceinture de sécurité.

– J'ai une deuxième maison. Tu peux soit entrer à l'intérieur, soit te jeter sur mon épaule et me laisser porter tes fesses dans la maison.

Son regard se fixe sur le mien.

– Je vais marcher, je murmure, en fixant son regard vert vif.

– Bien.

Il s'est retiré assez longtemps pour que je sorte du véhicule. Il claque la porte derrière moi avant que j'aie le temps de la refermer. La main de Jace est sur le bas de mon dos alors qu'il m'escorte fermement dans les escaliers de pierre.

– C'est ta forteresse de solitude ? Je plaisante.

Il ne me fait pas penser à un super-héros. Il y a quelque chose de sombre chez lui, dans cet endroit.

– Quelque chose comme ça, murmure-t-il en m'accompagnant jusqu'à la porte d'entrée.

Il y a des lecteurs biométriques à l'extérieur du bâtiment. Un scanner rétinien, une empreinte de main, et une empreinte vocale. Jace Barone. Ses mots sont un ordre, et la porte se déverrouille pour lui.

Toute cette sécurité, et il ne pouvait pas simplement demander à un garde d'ouvrir la porte ? Ça semble un peu exagéré, mais qu'est-ce que j'en sais ?

– Bonsoir, patron, dit Matteo avec un signe de tête en saluant Jace.

Patron ?

J'ai vu Matteo au bureau. Je n'avais pas réalisé que le travail s'étendait en dehors des heures de bureau. Le pauvre gars, obligé de travailler toute la journée et la nuit.

– Laisse-moi emmener Olivia à l'étage et lui montrer son nouveau logement. Je reviendrai en bas pour discuter de tout ça, dit Jace.

Matteo fait un signe de tête ferme.

– Logement ? Je demande.

Je pensais que je restais avec Jace ?

Est-ce que c'est ici que ses associés logent ? Est-ce un centre de retraite ?

Je ne reconnais personne d'autre du bureau, bien que Jace emploie un grand nombre de personnes. Il y a beaucoup d'hommes, tous en costume d'affaires, quelques-uns avec des oreillettes. Ils ressemblent à des gardes. Ils ont tous une arme à feu dans leur étui à la hanche.

– Oui, c'est ici que tu vas rester, dit Jace en me conduisant dans la cage d'escalier.

Le manoir est immense. Les sols sont en bois dur avec un escalier étroit qui monte en courbe jusqu'au deuxième niveau.

Je suis Jace, en observant ce qui m'entoure. Il y a des peintures sur les murs, des chefs-d'œuvre. Des originaux. Ils doivent être réels, vu la fortune de Jace.

Il me conduit dans le couloir, qui semble s'étendre à l'infini. Je suis sûr que c'est une illusion. Sur la droite, il ouvre une porte et me fait signe d'entrer dans la pièce.

– Je vais faire apporter tes vêtements de la maison, dit Jace.

En entrant dans la chambre, je vois qu'elle est immense. La pièce est plus grande que mon appartement, ce qui semble insensé pour une chambre. Il y a un balcon à l'extérieur qui s'étend sur toute la longueur de la chambre et une vue sur la cour.

– C'est un jardin en bas ? Je demande, en regardant par la fenêtre. C'est magnifique.

La cour est assez grande pour accueillir une balançoire quand le petit sera plus grand et qu'il sera protégé du danger.

C'était ça le plan de Jace ? Garder son fils ou sa fille toujours en sécurité ?

Je suppose que je vais rester ici jusqu'à la naissance du bébé.

– Il l'est, dit Jace en venant se placer à côté de moi. (Il ouvre la fenêtre, permettant à l'air frais de résonner dans la pièce.) Qu'est-ce que tu en penses ?

Ce n'est pas mal, mais je refuse d'admettre que je suis impressionnée.

– Je pensais que je vivrais avec toi, je dis.

C'était l'accord, et même si je n'avais pas envie de jouer au papa et à la maman, cet endroit me fait peur. Probablement à cause des dizaines de gardes armés que j'ai déjà vus. Cet endroit ne me met-il pas encore plus en danger ?

– Ce sera le cas. Je vais vivre sous le même toit. Comme nous nous rapprochons de la date prévue pour votre accouchement, je vais également faire venir une sage-femme au cas où tu aurais besoin de soins supplémentaires ou si le travail commence plus tôt que prévu.

Je ne sais pas quoi dire. Il ne rompt pas le contrat, mais pourquoi me montrer son humble demeure et me faire vivre ici avec lui ? Il ne m'a toujours pas répondu au sujet de Luka Caruso. Il a promis de s'en occuper.

– Pourquoi on déménage ici, maintenant ? Je demande. Luka Caruso t'a aussi menacé ? C'est la seule explication logique à laquelle je peux donner un sens. Sinon, pourquoi se serait-il inquiété de ces hommes au magasin ce soir ?

Ils nous suivaient. Jace l'avait vu. Il a probablement été entraîné à faire attention aux personnes et situations suspectes. Être un milliardaire doit venir avec beaucoup de menaces. Je ne peux que supposer que Luka est après sa fortune.

Mais Jace est un homme honnête, qui gagne sa vie honnêtement.

– Il est toujours une menace.

Mon regard se resserre alors que je tourne le dos à la fenêtre et que je croise mes bras sur ma poitrine.

– Il y a quelque chose que tu ne me dis pas.

Je le sens, cette lourdeur et cette incertitude qui me guettent. Que ce soit une intuition ou le simple bon sens, il me cache quelque chose.

– Tu as raison, mais c'est pour ta sécurité, dit Jace. Je ne peux pas te protéger tout le temps. Comme ça, toi et mon enfant êtes toujours en sécurité.

Ma bouche est sèche, desséchée.

– Et ce baiser tout à l'heure. Qu'est-ce que c'était ? Je demande.

J'ai besoin de la vérité.

C'était de la comédie ?

Suis-je idiote de croire qu'il ressent quelque chose pour moi ?

CHAPITRE VINGT-ET-UN

Jace

J'espérais qu'elle ne parlerait pas du baiser qu'on a partagé. Pas parce que ce n'était pas incroyable et passionné. C'était probablement l'un des baisers les plus intenses que j'ai eu, mais ce n'était pas réel.

Elle n'est pas à moi.

C'était une comédie. Et apparemment, on est tous les deux bons pour faire semblant.

Sauf qu'elle ne faisait pas semblant. Elle ne savait pas que j'agissais par impulsion pour la sauver. La protéger. Eh bien, pour protéger mon enfant à naître.

Le baiser a allumé une étincelle en moi, et maintenant, à chaque fois que je la regarde, mes entrailles s'agitent, mon corps réagit à elle.

Ça doit être la grossesse. Elle est peut-être hormonale, mais elle porte aussi mon fils ou ma fille.

C'est la seule explication.

Je veux dire, bien sûr, elle est belle, sexy comme l'enfer, et a un super cul. Mais c'est plus que ça. Il y a une familiarité entre nous, comme si on était de vieux amis. C'est confortable. Facile. Je n'ai pas besoin de faire semblant d'être quelqu'un d'autre avec elle.

Non pas que j'aie divulgué mon vrai moi, mais à partir des morceaux que je lui laisse voir, nous nous fondons parfaitement.

– Jace, est-ce qu'on va parler de ce baiser ou faire comme s'il n'avait jamais eu lieu ?

Une partie de moi veut faire comme si rien ne s'était passé, parce que ce serait plus facile. Mais je dois faire face au fait que je l'ai embrassée, et même si c'était juste un acte pour la protéger, j'ai apprécié.

– Je t'ai embrassé parce que je ne veux pas que les rumeurs commencent avec les Caruso.

Ses sourcils se crispent, et les coins de ses lèvres se froncent. Elle fait la moue.

C'est plutôt mignon.

– Quel genre de rumeurs ? demande-t-elle.

– Les hommes de Luka t'ont observé, nous ont suivis. Ils supposent que nous sommes ensemble, et je ne veux pas que l'on sache que j'ai engagé et payé une mère porteuse.

– Je ne comprends pas pourquoi c'est important, mais je respecte ta décision de garder ça privé, dit Olivia.

– Merci, je dis et me tourne vers la porte.

Je dois parler à Matteo, m'assurer que l'enceinte est sécurisée et demander à un de mes hommes de revenir avec les affaires d'Olivia chez moi.

———

Je ferme la porte de sa chambre et sors dans le couloir. Matteo m'attend.

Je l'accompagne dans la cage d'escalier et dans la salle de crise. C'est là que se tiennent toutes nos réunions importantes. Il y a des équipements pour s'assurer que rien n'est entendu et qu'aucun signal n'entre ou ne sort de cette pièce.

– Je ne m'attendais pas à ce que vous ameniez la fille dans l'enceinte, dit Matteo.

Je ferme la porte derrière lui une fois que nous avons obtenu notre intimité dans la salle de guerre. Nous ne sommes pas en guerre aujourd'hui, mais nous pourrions tout aussi bien l'être. Chaque jour, il semble qu'il y ait une nouvelle bataille. Certaines, nous les gagnons, et d'autres, nous vivons pour combattre un autre jour.

– Nous étions suivis. Je ne pouvais pas risquer de la ramener à la maison. En plus, les hommes de Caruso nous ont vu acheter des affaires de bébé.

Je grimace à mes propres mots. J'ai été négligent. J'aurais dû emmener plusieurs gardes avec moi. D'habitude, j'ai plus d'un ou deux gardes du corps qui me suivent, qui gardent un œil sur moi pour que je n'aie pas à surveiller mes arrières.

Mais je m'étais laissé emporter par le moment, en appréciant de passer du temps avec Olivia, et je l'avais autorisée à m'emmener faire du shopping.

C'était mon idée. Je ne lui en veux pas. Je m'en veux.

Matteo grimace.

– Sait-elle qui vous êtes, que vous êtes Don ?

Est-ce qu'il s'attend à ce qu'elle le découvre alors qu'elle vit sous mon toit dans la communauté ? Je n'ai pas prévu qu'elle découvre la vérité. Dans quelques mois, elle sera partie, hors de ma vue, et je n'aurai jamais à la revoir.

Il y a une tristesse qui me prend aux tripes quand je pense à l'avenir et au fait qu'elle n'y sera pas avec moi.

– Bien sûr que non. Je ris dans mon souffle.

C'est absurde pour Matteo de penser que je dirais la vérité à Olivia. Il sait que je suis bon pour garder des secrets. Sauf s'il s'agit de ma famille, je ne fais pas confiance facilement. Et si je ne pense pas qu'Olivia me trahirait, je ne sais pas à qui elle pourrait se confier.

J'ai passé ma vie à apprendre à garder des secrets, à cacher qui je suis, et que je dirige la mafia.

– Et elle ne le découvrira pas, je répète à Matteo.

Je ne m'attends pas à ce qu'il divulgue notre petit secret.

– Et le travail ? Quand sa grossesse commencera à se voir, est-ce qu'elle pourra garder le secret que l'enfant est de vous ? Matteo demande.

Il a toujours eu des doutes. De sa loyauté, de sa capacité à faire le travail. Bon sang, il ne pensait pas que je devais l'engager.

Je suis content de ne pas l'avoir écouté parce que je n'aurais peut-être pas d'enfant dans quelques mois si je l'avais fait.

– Je m'en occupe.

Il doit moins s'inquiéter de ma vie privée et plus de Luka Caruso et s'assurer que ce rat reste loin de l'enceinte et d'Olivia.

CHAPITRE VINGT-DEUX

OLIVIA

Enceinte de Vingt Semaines

J'ai l'impression que je vois à peine Jace. Il est occupé à travailler ou à préparer la nouvelle maison pour le bébé. Il a fait apporter tout ce qu'il y avait dans l'autre maison pour la chambre du bébé.

Bien sûr, nous partageons un repas le soir, et il me conduit au travail quand il est en ville, mais passer du temps avec lui en dehors du travail est rare ces jours-ci.

Va-t-il vivre dans le manoir après la naissance du bébé, au lieu de son autre maison ?

Pourquoi avoir deux propriétés si proches l'une de l'autre ? En général, la résidence secondaire d'une personne est comme une maison de vacances, dans un endroit éloigné. Les deux propriétés sont à distance de conduite.

Il est évident que cet homme a un trésor de secrets, mais ce n'est pas à moi de les fouiller. Je respecte le fait que je ne peux pas et ne veux pas tout savoir sur lui. Mais j'en sais assez.

C'est sincèrement une bonne personne. Jace irait jusqu'au bout du monde pour protéger son enfant. Et c'est assez bon pour moi.

Je me dandine pratiquement en marchant. Le bébé grandit plus vite que je ne l'aurais cru, et je jure que j'ai l'air d'être enceinte de neuf mois, mais je suis loin d'être prête à accoucher. Peut-être que je me sens juste incroyablement gênée par le fait que je porte l'enfant de quelqu'un d'autre.

Les filles du bureau m'ont demandé quand j'allais accoucher, qui était le père, tout le tralala. J'évite autant de questions que possible, et je n'ai jamais révélé que c'est celui de Jace ou que je suis une mère porteuse. Peut-être que je devrais leur dire la dernière partie, parce que, de toute évidence, je n'aurais aucune photo de bébé à leur montrer après l'accouchement.

Ça suppose que je revienne de mon congé maternité pour travailler à la réception. Ce que je ne pense pas que je ferai.

Ce sera mieux, une rupture nette. En plus, Jace me paie assez pour que je puisse investir en moi, peut-être faire quelque chose que j'aime pour vivre au lieu de joindre les deux bouts.

Il y a une galerie d'art où j'aimerais postuler pour être conservatrice. Plus encore, mon rêve serait de peindre et de vendre mes œuvres, mais je n'ai pas beaucoup peint ces derniers temps.

Et il n'y aurait aucune question à se poser si je recommençais à zéro - une nouvelle ardoise.

Jace s'arrête à mon bureau, une tasse de café dans les mains.

Je respire profondément. Je peux sentir l'arôme savoureux du café. Je n'ai pas touché à la caféine depuis des semaines. Je fais tout ce que je peux pour que Jace ait le bébé le plus sain possible. Je pose une main sur mon abdomen, je sens une légère palpitation.

– Est-ce qu'il fait des sauts périlleux ? Jace demande, avec un sourire en coin, en portant la tasse à ses lèvres. Comme s'il essayait de cacher le sourire sur son visage. Ses yeux brillent toujours autant.

– Oui, sur ma vessie, dis-je en gloussant. Je suis prête à partir.

Nous avons un rendez-vous chez le médecin, et Jace a insisté pour m'accompagner, ce qui est bien puisque c'est un rendez-vous concernant la petite pépite qui grandit en moi.

J'éteins l'ordinateur et me lève. Je contourne mon bureau et rejoins Jace près de l'ascenseur. Il prend soin de garder ses mains pour lui, mais pour moi, il est tellement évident qu'il se passe quelque chose entre nous.

Chaque fois que je vais quelque part, soit Jace soit Matteo m'accompagne hors du bureau. Je suis sûre que les rumeurs se répandent comme une traînée de poudre, mais personne ne m'a rien dit en face.

De plus, dans quelques mois, je serai partie. Tout ça sera derrière moi.

L'ascenseur sonne, et Jace le tient ouvert, me laissant entrer en première.

J'attends que les portes se ferment et que nous soyons seuls avant de dire ce que je pense. Je n'ai pas besoin d'offrir des rumeurs, non plus.

– Tu veux connaître le sexe ? Je demande.

Nous n'avons pas discuté de l'opportunité de le découvrir lors du rendez-vous chez le médecin, mais la dernière fois que nous y sommes allés, ils ont dit que nous devions y réfléchir, que nous n'avions pas à décider quoi que ce soit tout de suite.

– Et toi ? demande-t-il.

Je ris dans mon souffle et roule les yeux. C'est son enfant. Ce que je veux n'a pas d'importance. Je fais ça pour lui.

– Non, cette décision t'appartient entièrement, dis-je en posant une main sur mon ventre. C'est toi le père.

Sa langue sort le long du bord de ses lèvres, comme s'il pensait à quelque chose mais ne parlait pas. Il n'est pas du genre à tenir sa langue, ce qui ne fait qu'accroître ma frustration.

Mes hormones me terrorisent, je le désire jour et nuit. C'est de la folie, et ce simple petit geste me rend folle.

– Eh bien, décide-toi, je m'énerve.

Je m'attends à ce qu'il fasse un pas en arrière, qu'il m'évite à tout prix. Mais il ne le fait pas.

Ses yeux se plissent d'hilarité.

– D'accord.

D'accord ?

C'est tout ce qu'il a à dire pour lui-même ? Intérieurement, je gémis. Mais ce n'est pas aussi calme et dans ma tête que je le pensais.

Jace lève un sourcil inquisiteur.

– Quelque chose ne va pas ?

– Oui. Non.

Je ne peux pas lui dire que le problème est que j'ai fait des rêves sexuels pratiquement toutes les nuits. Je me retournais, je me réveillais, j'avais mal pour le contact d'un homme.

Et pas n'importe quel homme.

C'est toujours Jace.

– Je n'ai juste pas très bien dormi, je dis.

Il attend une réponse plus claire mais c'est tout ce que j'ai à lui offrir.

Et je me déteste pour ça. Même si je ne veux pas qu'il le sache, une petite partie de moi, en secret, veut qu'il le découvre. Alors, peut-être qu'il se pliera à mes fantasmes.

Mais je sais que c'est tout ce qu'ils sont et qu'ils ne pourront jamais être plus.

C'est un milliardaire. Je suis juste une fille qui porte son enfant. C'est une transaction commerciale. C'est tout. Purement et simplement.

Sauf que ce n'est pas l'impression que j'ai en vivant sous son toit. J'ai l'impression d'être plus que ça, et je sais que c'est dans ma tête, mais je ne peux rien contre ce qu'il me fait ressentir.

Indéniablement, je suis folle amoureuse de mon patron.

Ok, ce sont probablement les hormones qui parlent. Mais ça n'empêche pas que je rêve de Jace nu tous les jours, son corps taquinant le mien, toujours en suspens, sans jamais me satisfaire complètement.

C'est une torture.

Et peut-être que c'est pour ça que je suis frustrée avec lui. C'est la version rêvée de Jace qui m'a fait travailler et qui ne m'a pas fait jouir. Ce n'est pas la faute du vrai Jace. Je sais, je suis folle. Folle.

Encore une fois, c'est la faute des hormones.

Nous marchons vers le parking en silence. Sa main se pose sur le bas de mon dos alors qu'il m'escorte jusqu'à son véhicule et m'ouvre la porte.

Toujours un gentleman.

Je grogne dans mon souffle.

– Le lit n'est pas confortable ? demande Jace. Je peux faire commander un nouveau matelas et l'apporter dans ta chambre.

Il claque la porte, fait le tour du côté du conducteur et démarre le moteur. Jace me regarde, attendant une réponse.

Il est vraiment désemparé. C'est mignon. Plutôt attachant.

Ma lèvre inférieure se retrousse entre mes dents. Je fais tout ce que je peux pour ne pas dire la vérité, pour ne pas lui dire quelque chose qui ne peut pas ne pas être entendu. Parce qu'une fois que c'est sorti, c'est fini. Ça ne peut pas être défait. Et mon humiliation sera longue et éternelle.

– Le matelas est très confortable. Je te promets que ce n'est pas quelque chose avec ta maison.

– Alors c'est moi ? demande-t-il.

Il n'évite pas les questions difficiles, n'est-ce pas ?

J'expire un lourd soupir.

– Est-ce qu'on peut juste ne pas en parler ?

Je jette un coup d'œil par la fenêtre - n'importe quoi pour capter mon attention et orienter la conversation sur autre chose. Et je veux dire n'importe quoi. Zombies. L'accouchement. Peut-être pas ces deux choses ensemble.

En ce moment, je me contenterais d'une apocalypse de zombies pour m'éviter de discuter de mes désirs avec Jace Barone.

Mais je ne suis pas si chanceuse.

– Je veux juste aider, dit Jace.

Sa voix est douce et apaisante, calme. Comme s'il s'inquiétait vraiment de mon bien-être. Il est probablement inquiet pour la grossesse.

Il attrape ma main et la serre doucement. Ce geste va me mener à ma perte.

– Tu ne peux rien faire. Les hormones sont intolérables, dis-je.

Je le regarde, en espérant qu'il comprenne ce que je dis sans avoir à élaborer. Est-ce que ça pourrait être encore plus humiliant ?

– Oh, dit-il lentement, comme s'il commençait à comprendre. Tu es excitée ?

Mes joues doivent être rouges parce que la voiture semble être plus chaude de cent degrés. Je baisserais bien la vitre, mais la dernière fois que j'ai fait ça, il y a des mois, il s'est emporté. Au lieu de ça, j'attrape le thermostat et je règle la température.

– Je ne dirais pas ça comme ça, je dis.

Il le fait paraître grossier. Ce n'est pas comme si je rôdais en ville pour un homme. Bon sang, je n'ai même pas acheté de vibrateur pour satisfaire mes désirs. Peut-être que je devrais. Ça m'aiderait au moins à dormir. Mais j'ai peur que les hommes dans la maison, les gardes, ne m'entendent.

Il y a un silence qui suit. Je ne sais pas s'il ne sait pas quoi dire ou s'il a décidé qu'il valait mieux s'abstenir de parler davantage. Après tout, c'est mon patron.

———

– Olivia, comment allez-vous ? Le docteur Morgan demande.

Je suis assise sur le lit beige inconfortable de la salle d'examen, avec le papier croustillant coincé entre moi et le faux cuir.

– Bien, dis-je.

Jace se tient à côté de moi, impatient de passer l'échographie.

– Je suis sûr que vous devez être excités de voir le bébé. Voulez-vous tous les deux connaître le sexe ? Le docteur Morgan demande.

Elle regarde à peine mon dossier. Au lieu de cela, son attention est sur la préparation de l'équipement. Elle verse une bonne quantité de gelée sur mon ventre.

Au début, c'est froid, mais l'inconfort disparaît rapidement. Enfin, presque toute la gêne. J'ai dû boire une tonne d'eau avant le rendez-vous, et ma vessie est sur le point d'éclater.

Est-ce un test de grossesse cruel ? Pour voir combien de temps une femme enceinte peut retenir sa vessie avant d'exploser ?

– Oui, nous aimerions connaître le sexe, dit Jace.

Le médecin déplace la baguette de l'échographe sur mon abdomen, faisant apparaître la petite pépite sur l'écran.

– Comment vous sentez-vous ? demande le docteur Morgan.

– Elle a eu du mal à dormir, dit Jace, qui répond à ma place.

Je le regarde bizarrement. Il n'a pas besoin de parler pour moi.

– Ce n'est pas inhabituel. En fait, plus tard dans votre grossesse, vous trouverez qu'il est plus difficile d'être à l'aise. Et vos hormones ? Avez-vous remarqué des changements dans votre désir sexuel ?

Je veux mourir.

Est-il possible que le docteur arrête de parler ? Je ne réponds pas, et Jace prend sur lui de répondre à ma place.

– Elle semblait de mauvaise humeur ces derniers temps, dit Jace. Elle a mentionné être excitée.

– C'étaient tes mots ! Pas les miens.

Je ne peux pas croire au culot qu'il a. Je pourrais le tuer !

Le docteur sourit chaleureusement en continuant l'échographie, inconsciente de mon humiliation. Ou alors elle est habituée à ce que les couples se chamaillent pendant les rendez-vous.

– C'est tout à fait normal et tout à fait courant d'avoir une augmentation de la libido pendant la grossesse. C'est sain et naturel d'avoir des rapports sexuels pendant la grossesse, et il existe de nombreuses positions que vous pouvez expérimenter pour vous assurer que la mère est à l'aise.

Je jure que je meurs d'embarras, et Jace ne dit pas un mot.

Il sourit et hoche la tête, comme s'il écoutait, prenant pratiquement des notes. Est-ce qu'il apprécie cette marque d'humiliation dirigée contre moi ? Il ne semble pas le moins du monde gêné ou mal à l'aise.

Comment est-ce possible ?

Je vais le tuer plus tard !

Le rythme régulier d'un battement de cœur retentit dans le haut-parleur interne.

– Elle a un rythme cardiaque fort, dit le docteur.

– Elle ? murmure Jace alors que ses yeux s'illuminent.

– Oui, c'est exact. On dirait que vous allez avoir une petite fille. Félicitations.

Un énorme sourire s'étend sur le visage de Jace. J'ai envie d'effacer le sourire de ses lèvres pour m'avoir humiliée avec le médecin, mais il est heureux, et je ne veux pas non plus lui enlever ce moment.

– Une fille, je murmure, en souriant faiblement.

Je suis vraiment heureuse pour lui.

Et d'après ce qu'on voit, il est heureux aussi.

———

– Tu peux croire que c'est une fille ? Jace demande en me raccompagnant à la voiture.

– Eh bien, c'était moitié-moitié, dis-je avec un sourire en coin.

Assis à côté de Jace, il y a un calme qui enveloppe la voiture. Le silence.

Il se fait tard, et plutôt que de retourner au travail, il nous ramène vers son manoir en ville. Je me suis habituée à la nouvelle maison. C'est plus spacieux, non pas que j'aie besoin d'une tonne d'espace. Le jardin est magnifique quand le temps coopère, et il y a toujours quelqu'un autour de moi. Je ne me sens jamais seule, même quand Jace travaille tard.

Bien que la plupart des gardes ne soient pas très amicaux, Markus est toujours à mes côtés et m'accompagne lors de mes promenades lorsque je m'éloigne du manoir.

Bien que Markus soit calme, il ne m'ignore pas. Si je lui parle, il me répond. Contrairement à Matteo et Vincent, qui passent plus de temps à regarder dans le vide, pour s'assurer que nous ne sommes pas suivis.

Il y a autant de gens qui courent après les milliardaires ?

Est-ce que Jace a volé leurs plans ou quelque chose pour créer sa compagnie ? Je jure qu'il y a un plus grand secret, mais je n'arrive pas à le découvrir, et fouiner dans le bureau ou le manoir n'est pas une option.

Je me suis déjà fait prendre une fois, et je n'étais pas sûre que Jace me ferait à nouveau confiance. Et je ne peux pas juste sortir et lui demander. Il ne me parlerait pas d'un tel secret à moins que je ne lui donne de l'alcool. Tentant mais irréaliste. Je le vois rarement boire.

– On peut s'arrêter sur le chemin du retour pour manger une glace ? Je demande.

Suggérer un bar est hors de question. Mais je veux sortir, fêter la bonne nouvelle.

– Ça ne va pas gâcher ton dîner ? Jace demande.

Il parle déjà comme un parent.

– Non, je mange pour deux, je dis. (Au cas où il aurait oublié. Je doute qu'il l'ait fait. Mon ventre grossit déjà, et je suis de mauvaise humeur ces derniers temps.) Il faut satisfaire les envies d'une femme enceinte.

Jace lève un sourcil.

Merde.

Je ne parlais pas de sexe. Bien sûr, je serais d'accord pour qu'il gratte cette démangeaison, mais je ne m'attends pas à ce qu'il aille jusqu'au bout.

– De quelles envies parle-t-on ? Jace demande avec un sourire en coin.

Il aime me torturer.

CHAPITRE VINGT-TROIS

Jace

Je déteste admettre que j'aime bien Olivia la coquette.

Il y a quelque chose de primaire dans le fait qu'elle porte mon enfant, qu'elle soit sexy et séduisante. Même quand elle n'essaie pas d'être sexy, elle est irrésistible.

Olivia ne me répond pas quand je lui demande quelles envies elle veut que je satisfasse. J'ai essayé d'être prudent. La dernière chose que je veux, c'est qu'elle me colle un procès pour harcèlement sexuel.

Elle veut que je m'arrête pour manger une glace, mais le dîner se rapproche déjà. J'ai un peu faim pour le dîner, et j'imagine qu'elle aussi.

– La glace, c'est après le dîner, je lui rappelle. Je peux demander à Markus ou Vincent de faire une course après le repas, pour t'apporter le parfum de glace dont tu as envie.

Olivia grommelle dans son souffle.

Elle n'a pas l'air du tout satisfaite ou heureuse de ma suggestion. Je pensais qu'après cette longue journée de travail et chez le médecin, elle voudrait se détendre.

– On peut regarder un film ensemble après le dîner, je suggère.

Je veux qu'elle se détende, et si elle ne dort pas, quelle qu'en soit la cause, elle ne prend pas soin d'elle.

– Promets-moi que ce ne sera pas un film de mecs.

– C'est quoi un film de mecs ?

– Du sang, des tripes, du gore. De l'action sans intrigue.

– J'aime à penser que les films que je choisis ont une intrigue, je dis. (Mais elle ne s'est pas trompée sur ma sélection typique.) On peut regarder ce que tu veux, même si c'est un film de gonzesses.

Elle fronce le nez de façon très attachante.

– Et tu feras livrer de la glace fondue ?

Je me gare devant la maison, et le garde à l'entrée de l'allée déverrouille le portail. Je lui fais un bref signe de tête et un signe de remerciement.

– Elle ne va pas fondre. Il fait froid dehors, réponds-je.

– Eh bien, la voiture sera chaude.

C'est comme si elle essayait de trouver une faille dans tout ce que je suggère. Je pousse un gros soupir. L'amener ici était mon idée. La faire vivre sous mon toit.

– Si tu veux que je t'emmène manger une glace après le dîner, je le ferai.

– Merci.

Son sourire illumine la voiture.

Je jure que c'est comme avoir affaire à un enfant. C'est à ça que je dois m'attendre quand ma fille sera née ? Bien sûr, elle ne mangera pas de glace tout de suite, mais le besoin constant et l'attention.

Je gémis.

C'est exactement ce pour quoi j'ai signé, n'est-ce pas ?

———

Après le dîner, Olivia et moi allons à la voiture. Au coucher du soleil, elle prend un manteau plus épais, mais les boutons ne tiennent pas. Il devient trop petit avec son ventre rond de femme enceinte.

– Tu es sûre que je ne peux pas te convaincre de rester et de commander un dessert ?

Ça ne me dérange pas de sortir dans le froid. Mais elle n'est pas habillée de façon appropriée pour le temps.

– Aucune chance que ça arrive. Tes gardes vont ramener des glaces d'épicerie. Je veux les bons trucs où ils écrasent des brownies et les mélangent devant vous.

Au moins, elle n'a pas envie de cornichons dans sa glace. Le brownie écrasé a l'air plutôt bon.

J'attrape un bonnet supplémentaire dans le placard et le mets sur sa tête, pour qu'elle soit bien au chaud.

Elle sort une paire de gants de sa poche et les glisse sur ses mains. Au moins, ils lui vont encore.

Nous sortons dans le froid. La voiture est déjà chauffée et en marche, grâce à Markus qui a démarré le moteur.

En quelques minutes, je gare la voiture et sors pour aider Olivia à sortir du véhicule.

– Pas de gardes du corps ? demande-t-elle. Comment se fait-il que j'aie toujours besoin d'un garde du corps, et toi jamais ?

Ce n'est pas vrai que je n'ai jamais de garde du corps avec moi, mais je suis aussi très compétent et entraîné pour gérer les situations. Il arrive que des hommes m'accompagnent dans certains endroits, surtout lorsque des dispositions ont été prises à l'avance et que quelqu'un est au courant de mon emploi du temps. Mais lors de visites impromptues, comme chez le marchand de glaces, il est peu probable que nous soyons suivis.

– Ce n'est pas moi qui suis menacé par Luka Caruso, dis-je.

Ce n'est pas tout à fait vrai, mais ça devrait être une réponse suffisante pour l'empêcher de poser d'autres questions.

– Je croyais que tu avais dit qu'il ne m'ennuierait plus, plaisante-t-elle.

Elle n'a pas tort, c'est ce que je lui ai assuré, mais ce n'est pas parce que j'ai tué l'homme. Si c'était aussi simple, je lui aurais mis une balle dans la tête il y a dix ans.

– Il ne t'embêtera pas parce que tu as un garde du corps partout où tu vas, dis-je avec un sourire narquois.

J'ouvre la porte du magasin de glaces et l'escorte à l'intérieur du bâtiment.

C'est confortable à l'intérieur du magasin, la chaleur est écrasante, et j'enlève mes gants et mon chapeau pendant qu'Olivia fait de même.

Elle se précipite vers le comptoir et passe sa commande. Je la suis, choisissant ma concoction, et paie le serveur. Nous nous installons à une table près du fond. L'endroit est relativement vide, pas que je sois surpris à cause du temps. Je suis plus choqué qu'ils soient ouverts.

En prenant une bouchée de sa glace, elle fronce le nez. Le geste est assez adorable.

– Cerveau gelé ?

– On pourrait le croire, dit-elle en riant et en secouant la tête. Le bébé donne des coups de pied. Tu veux sentir ?

Avant que j'aie le temps de répondre, elle attrape ma main et la pose sur son ventre.

– Tu peux sentir ça ? demande-t-elle.

Je ne suis pas sûr de ce que je suis censé sentir. Son manteau est déboutonné, mais elle a encore beaucoup de couches sur elle.

Olivia doit sentir ma frustration car elle déplace ma main et l'appuie plus fort, couvrant ma main avec la sienne. Je sens un léger battement contre ma paume. C'est léger, à peine perceptible.

Je me demande presque si je l'ai imaginé, sauf qu'elle rit et sourit.

– Wow.

– Je sais, hein ? Ça se remarquera davantage quand elle commencera à faire des sauts périlleux et de la gymnastique, comme mon fils l'a fait au cours du dernier trimestre. Il me laissait à peine dormir.

– Pire que maintenant ? Je demande.

Olivia me fixe du regard.

– Ce n'est pas le bébé qui me tient éveillée la nuit.

———

Après le dessert, nous retournons à l'enceinte. Nous enlevons nos vestes, chapeaux, gants et chaussures. C'est probablement exagéré. J'ai vécu dans des climats plus froids, mais je ne veux pas qu'Olivia attrape froid pendant sa grossesse.

J'accompagne Olivia jusqu'à sa chambre. C'est son sanctuaire privé, avec une télévision, un lit, un chevalet, et même un mini réfrigérateur qui a été apporté pour qu'elle n'ait pas à errer dans l'enceinte.

C'est moi qui l'ai fait. C'est mieux si elle ne voit pas ce qui se passe juste en face d'elle.

Et je veux qu'elle soit heureuse. Elle m'a dit qu'elle aimait peindre, alors je me suis assuré de lui acheter un chevalet et de lui livrer des fournitures chaque semaine dans sa chambre.

Avec l'hiver qui arrive, elle a peu de raisons de s'aventurer dans le jardin, ce qui signifie que sa chambre est l'endroit où elle passe le plus de temps.

Alors que nous étions sortis prendre un dessert, j'ai envoyé un message à Vincent pour qu'il fasse monter une table de massage dans sa chambre, mais en veillant à ce qu'elle soit équipée pour une femme enceinte.

Olivia a besoin de se détendre, et peut-être que je peux l'aider à se calmer.

– Qu'est-ce qui se passe ? demande-t-elle alors que je la suis à l'étage.

Habituellement, je lui laisse de l'espace et de l'intimité dans l'enceinte.

– J'ai une surprise pour toi, je dis.

– Tu as fini d'installer la chambre d'enfant ? Olivia demande.

Elle essaie de deviner ce que je pourrais lui faire comme surprise, bien que je ne sache pas trop pourquoi la chambre d'enfant serait une surprise pour elle.

Je ne donne aucune indication sur ce que j'ai prévu.

– Il y a quelques semaines. Devine encore, je dis.

– Soirée cinéma ?

C'est une bonne supposition, vu qu'on avait parlé de regarder un film pour se détendre pour la nuit.

– Ce n'est pas la surprise, mais on peut se faire une soirée ciné après la surprise si tu es toujours réveillée.

– J'abandonne. Qu'est-ce qu'on a là ? (Elle ouvre la porte de sa chambre. Une table de massage est située au centre de la pièce, en face de son lit. Elle me regarde par-dessus son épaule.) Tu m'as engagé une masseuse privée ?

Sera-t-elle déçue quand elle découvrira que j'ai prévu de lui faire un massage personnel ? J'aurais peut-être dû engager quelqu'un pour que ce ne soit pas jugé inapproprié.

J'en ai marre.

Elle me fixe avec cette étincelle de séduction dans ses magnifiques yeux bleus, attendant que je réponde.

– J'allais te faire ce massage privé. A moins que tu ne sois mal à l'aise et que je puisse demander à un de mes hommes...

– Non ! s'exclame-t-elle avant que je puisse finir ma phrase. (Je ne sais pas si elle pensait que j'allais suggérer à l'un des autres hommes de la regarder ou de lui faire un massage.) Cela ne fait pas une grande différence.

J'essaie de ne pas rire de son emportement.

– Que dirais-tu d'aller dans la salle de bain et de te déshabiller ? Il y a un peignoir accroché au dos de la porte pour que tu puisses te changer.

– Tu as pensé à tout, dit Olivia en se dirigeant vers la salle de bain.

J'enlève ma veste et desserre ma cravate. Il fait encore chaud dans sa chambre. Je défais quelques boutons de ma chemise. Je veux porter quelque chose de beaucoup plus décontracté, mais je suis trop paresseux pour traverser le hall. J'ai aussi peur que si je quitte la chambre, Olivia change d'avis.

Je suis ravi à l'idée de lui faire un massage et de la toucher. Je ne devrais pas être aussi excité, mais elle porte mon enfant à naître. Il y a quelque chose d'excitant et de scandaleux dans le fait qu'elle soit mon employée, et que tout ce que nous faisons soit gardé secret.

Combien de temps encore pouvons-nous cacher ce secret au monde entier ? Les médias vont bientôt harceler mon bureau.

La porte clique, et Olivia sort lentement, le peignoir blanc en éponge autour d'elle. Elle le tient pour que je ne puisse pas le voir. C'est grand et c'était censé être une taille maternité, mais je ne savais pas exactement quelle taille prendre pour elle.

– Où veux-tu que je sois ? demande-t-elle.

Il y a un sourire en coin sur son visage, comme si elle essayait de flirter avec moi mais qu'elle était prudente en même temps. Elle pourrait facilement excuser son commentaire comme étant innocent si nécessaire.

– Sur le lit - le lit de massage, je précise et me racle la gorge.

Qu'est-ce qui ne va pas chez moi ?

Oh oui, mon membre devient dur rien qu'en la regardant en robe de chambre. C'est pathétique, non ? Ce n'est pas qu'Olivia ne soit pas sexy, car elle l'est, mais elle ne montre même pas un centimètre de peau.

Je ne devrais pas être aussi réactif à sa quasi-nudité. Bien sûr, ça n'aide pas que j'ai été célibataire pendant des mois depuis qu'elle a emménagé avec moi. Un mec a des besoins, et les miens ne sont pas satisfaits.

Les douches longues et froides ne rendent pas justice à ça.

Je la veux.

Mais je ne franchirai pas cette ligne sans son consentement, et même avec, je ne veux pas gâcher ce que nous avons. C'est parfait. Elle porte ma fille.

Si je fais tout foirer, je ne sais pas comment elle réagira ou ce qu'elle fera.

Elle est enceinte, et même si je reconnais qu'elle n'est pas fragile, elle est hormonale. Je ne veux pas être la cause d'une Olivia Summers très énervée.

– As-tu un drap ou quelque chose avec lequel je peux me couvrir ? Olivia demande.

Son innocence est douce et plutôt attachante.

Je dois faire tout ce qui est en moi pour ne pas me jeter sur elle.

– Oui, dis-je et je récupère un drap en coton blanc qui était plié sur la table d'appoint avec les huiles de massage.

– Tu veux bien te tourner ?

Elle fait un geste du doigt pour que je me tourne et fasse face à la direction opposée.

Je me tourne pour faire face à la porte, laissant à Olivia son intimité pendant qu'elle se déshabille. Il y a un doux bruit sourd du tissu qui frappe le sol et le bruissement du drap quand elle se couvre.

– Comment suis-je censée m'allonger sur cette table ? demande-t-elle.

– Sur le côté, je suggère. J'ai des oreillers spéciaux que nous pouvons utiliser pour que tu sois à l'aise. J'attends pour me retourner. Tu veux que je les prenne pour toi ?

J'entends le doux grincement du lit de massage et la bousculade des draps alors qu'Olivia grimpe sur la table de massage.

– Ok, je suis bien, décente. Je veux dire, je suis nue, mais tu peux te tourner.

Elle semble nerveuse.

Je ne peux pas cacher le large sourire sur mon visage, même si je le voulais.

– Tu as l'air plutôt décent pour moi.

Elle est allongée sur la table sur le côté, le drap couvrant son corps.

J'attrape un oreiller, le lui offrant pour qu'elle se mette plus à l'aise.

– Merci, dit-elle. Aurais-tu un autre oreiller pour ma tête ?

– Tu as l'intention de faire une sieste ? Je la taquine. J'attrape un oreiller sur le lit et le lui apporte, l'aidant à se mettre à l'aise. Ça va mieux ?

– Beaucoup mieux.

Je fais le tour de la table de massage pour être derrière elle.

– Désolé si mes mains sont froides, je préviens avant d'effleurer sa peau avec le plus léger des contacts.

Mes doigts caressent ses épaules, et elle s'enfonce dans l'oreiller, le tenant contre sa poitrine tandis qu'elle fait glisser le drap le long de son dos, me permettant d'avoir un regard plus intime sur son dos et la courbe juste avant son cul parfait.

Ça devrait être interdit de donner un massage complet à votre employé.

Sa peau est de couleur porcelaine et crémeuse, tachetée d'une poussière de taches de rousseur assortie à son nez.

Je presse une quantité généreuse d'huile de massage dans mes mains et les frotte ensemble avant de laisser mes mains travailler sur ses épaules et son dos.

Un soupir de satisfaction doux et subtil s'échappe de ses lèvres.

– Est-ce que ça va ? Est-ce que la pression est trop forte ? Je demande, je veux qu'elle apprécie le massage et qu'elle n'ait pas l'impression que je lui fais mal.

Il y a un léger gémissement alors qu'elle se déplace subtilement sur la table de massage. Je suppose qu'elle essaie de se mettre à l'aise.

– Non, tout va bien. C'est bon, dit-elle en serrant l'oreiller contre sa poitrine, cachant ses seins à ma vue.

Qu'est-ce que je ne donnerais pas pour être cet oreiller blotti contre son corps, épousant ses courbes.

C'est censé être pour elle, cependant, pas pour mes besoins. J'ai peut-être besoin de m'envoyer en l'air, mais Olivia a besoin de dormir. Et le fait que je bande en la massant ne va pas nous faire du bien à tous les deux.

Heureusement, elle est dans la direction opposée.

– J'espère que cela t'aide à te détendre, dis-je en massant ses épaules et son dos.

Son corps semble se détendre sous mon toucher, et la tension que j'ai ressentie au départ se dissipe. Que ce soit parce que je l'ai massée ou parce que cela l'aide à se détendre, je ne vois pas la différence.

Olivia marmonne quelque chose d'inintelligible dans l'oreiller qu'elle serre contre sa poitrine.

– Qu'est-ce que tu dis ?

– J'ai l'impression d'être morte et d'être allée au paradis. Tes mains sont incroyables, dit-elle.

Je veux lui montrer à quel point je peux la faire se sentir bien, mais elle doit me dire que je suis ce qu'elle veut. Je ne franchirai pas cette ligne sans sa permission explicite.

Mon toucher est léger et doux, il effleure son cou tandis que je relève ses cheveux et les attache à sa tête d'une main. L'autre main taquine sa mâchoire.

– On me l'a dit, je plaisante.

Je veux l'embrasser, mais je ne le fais pas. Ce n'est pas par peur. Il y a peu de choses que je crains. C'est une question de respect.

Elle se roule sur le dos, s'agrippe à l'oreiller et se cache de moi. Ses longs cils s'agitent alors qu'elle me regarde fixement. Ses joues sont roses, ses yeux bleu sombre.

– Ne ris pas.

– De quoi ? Pourquoi est-ce que je rirais ?

– Je ne peux plus supporter les hormones. Si tu ne couches pas avec moi, il me faut un vibromasseur, ou je veux qu'un de tes hommes vienne dans mon lit. Je te jure que je suis sur le point de me toucher devant toi juste pour voir si tu vas me donner le vrai soulagement dont j'ai besoin avec ce massage.

J'ai promis que je ne rirais pas. Mais le sourire sur mon visage est énorme. Large.

– J'ai envie de t'embrasser. J'ai envie de t'embrasser depuis la première fois que nous nous sommes rencontrés, j'avoue. (Je me penche plus près, mes lèvres n'effleurant pas encore celles d'Olivia.) Mais je ne voulais pas te forcer à faire quoi que ce soit avec moi, jamais.

Il n'a jamais été question de ne pas la vouloir. Il s'agissait de respect, de lui donner le pouvoir de prendre cette décision.

Olivia se penche dans le baiser, et mes doigts passent dans ses cheveux, la tirant plus près, ses lèvres plus serrées et plus dures.

Ses lèvres s'écartent, et sa langue fouille avidement ma bouche, alimentée par le désir et le besoin. Elle est le feu, et je suis le charbon qui alimente ses flammes.

– Tu ne couches avec aucun de mes hommes, je dis.

Et je pense chaque mot. Elle est hors-limites pour eux. Si l'un d'eux s'approche d'elle pour satisfaire ses besoins sexuels, je le tue.

– Ça veut dire que je peux coucher avec toi ? demande Olivia avec un sourire narquois.

Mes doigts se glissent sous le simple drap de coton, et ses jambes s'écartent instantanément pour moi. Ma main est chaude et ferme, glissant le long de sa cuisse, la taquinant.

– Seulement si c'est ce que tu veux, je dis.

Je peux tout aussi bien la satisfaire sans qu'on baise tous les deux.

Ses jambes s'écartent, et elle tire sa lèvre inférieure entre ses dents. Est-elle nerveuse ?

Nous ne devrions pas faire ça, du moins pas sur la table de massage.

La femme qui porte ma fille mérite une bonne expérience, d'être ravie et adorée. Pas baisée maladroitement sur la table de massage juste pour la faire jouir.

Mes doigts effleurent ses douces lèvres avant de se retirer.

Olivia gémit en signe de protestation.

– Oh, nous n'avons pas encore fini, ma chérie. Je veux juste m'assurer que tu profites pleinement de l'expérience.

Je l'aide à descendre de la table.

Ses mots sont coupés quand je la guide vers le matelas et la penche en avant sur le lit.

- Oh, elle halète.

La couverture tombe autour de ses pieds sur le sol.

Elle est d'une beauté à couper le souffle avec son ventre et ses seins gonflés. Je me place derrière elle, une main caressant sa poitrine, l'autre s'enfonçant entre ses cuisses.

Olivia halète et respire profondément, se penchant en avant sur le matelas avec ses bras, me donnant une vue parfaite de son cul. J'ai envie de déboucler mon pantalon et de la baiser, mais ce n'est pas ce que je vais faire.

Non.

Je veux que sa première expérience de grossesse soit entièrement consacrée à elle, pour son plaisir.

– Dis-moi ce que tu aimes, je chuchote contre son cou. (Je dépose de doux baisers papillon sur sa peau.) Tu as fait des rêves sexuels. Parle-moi d'eux.

Sa respiration est rauque et haletante alors qu'elle essaie de parler. Je suis pressé contre elle, une main pressant et caressant doucement sa poitrine, taquinant son mamelon tandis que ses hanches se balancent contre les miennes.

Mon autre main caresse son humidité, taquine sa perle alors qu'elle commence à frémir dans mes bras. Je l'ai à peine touchée. Je n'ai même pas utilisé toute la longueur de mes doigts, et elle tremble et gémit en parlant.

– C'est toujours toi, dit-elle.

Je serre mes doigts l'un contre l'autre, exerçant une pression croissante sur son clito tandis qu'elle gémit et halète, ses hanches s'agitant contre moi. Je glisse deux doigts dans son étroitesse et j'enroule mes doigts à chaque poussée.

Olivia halète, une main agrippée aux draps, l'autre tendue vers moi pour essayer de me toucher.

Je me penche en avant, la couvrant, la touchant, sentant son corps contre le mien. Je lui chuchote

– Viens pour moi, à l'oreille, en suçant le lobe et en continuant à la caresser.

Ses entrailles se contractent et ont des spasmes, la première vague d'orgasme remontant à la surface.

Je ne l'abandonne pas, je veux qu'elle atteigne l'orgasme alors que de petites ondulations parcourent son corps.

Elle halète, essayant de reprendre son souffle.

– C'était... murmure-t-elle en me regardant par-dessus son épaule.

– Incroyable, je réponds pour elle.

CHAPITRE VINGT-QUATRE

OLIVIA

Enceinte de Trente-Quatre semaines

Cela fait quatre jours que je n'ai pas vu Jace. Il était en voyage d'affaires, insistant pour partir à l'étranger maintenant afin de finaliser tous les détails de sa fusion avant la naissance du bébé.

Je ne comprends pas pourquoi il doit attendre que je sois enceinte de 34 semaines.

Jace jure qu'il a avancé l'affaire et que ce sera un court voyage en Italie.

Qu'est-ce que je ne donnerais pas pour voyager en Europe. Enfin, pas dans mon état actuel, avec des chevilles enflées, un énorme ventre de femme enceinte, et ma vessie constamment écrasée par la petite gymnaste qui est en moi.

J'ai pris mon congé maternité un peu plus tôt que prévu. Les médecins n'ont pas insisté pour que je reste alitée, mais ils m'ont recommandé d'y aller doucement. Et à la demande de Jace, j'ai rangé mon bureau, ce qui me laisse beaucoup de temps libre à la maison.

Je descends les escaliers. Le temps est venteux dehors, mais je veux prendre un peu de soleil et d'air frais.

– Où vas-tu ? Matteo demande.

Il n'a pas accompagné Jace dans son voyage en Italie, mais il lui parle tous les jours, lui donnant constamment des nouvelles de mon état. Jace pourrait simplement m'appeler, mais il ne le fait pas.

– Dehors, pour une promenade. Je remonte ma parka, qui est énorme et pelucheuse. Elle est bien chaude et sera un gaspillage d'un manteau décent quand je ne serai plus enceinte.

– Il fait froid dehors, et tu es enceinte.

Je me moque.

– C'est Los Angeles, pas l'Antarctique. De plus, le médecin a dit que l'air frais et les promenades sont bons pour moi. Vous ne pouvez pas me garder enfermée dans cet endroit juste parce que je suis enceinte.

Matteo grommelle dans son souffle.

– Markus ! crie-t-il au plus jeune garde.

Markus se précipite vers nous depuis le hall d'entrée.

– Oui, monsieur ?

– Escorte Olivia pour sa promenade de l'après-midi. Sois de retour avant le coucher du soleil, dit Matteo en jetant un coup d'œil à sa montre fantaisie.

Matteo se précipite au coin de la pièce et entre dans un bureau voisin, me laissant seule avec Markus. Ça me convient. Il est beaucoup plus facile de traiter avec lui si je dois amener un garde avec moi.

– Tu peux m'aider avec mes chaussures ?

Atteindre mes pieds est problématique avec mon ventre rond de femme enceinte qui me gêne.

Markus n'a pas d'objection. Il s'empresse de m'offrir un siège sur le banc près de la porte. En quelques minutes, il a mis mes chaussures, les a sécurisées et m'a aidée à me lever.

– Merci.

Je prends le bonnet dans la poche de ma veste et l'enfile avant de glisser mes mains dans mes gants.

Markus ne porte guère plus qu'un manteau noir et des bottes. Il n'y a pas de chapeau ni de gants. Essaie-t-il de montrer qu'il n'a pas besoin de ces choses ?

– Où allons-nous ? Markus demande en m'escortant dehors. Ta route habituelle ?

Il n'y a pas tant de façons que ça de faire le tour du quartier. Une fois les portes passées, la route va d'est en ouest. Après un 800 mètres, il y a une autre rue qui se connecte et offre un chemin différent.

Je ne sais pas combien de temps je vais pouvoir marcher avec la petite qui me presse la vessie, mais je veux voir la lumière du soleil avant la nuit. Je déteste qu'il fasse sombre plus tôt dans la journée. Je déteste l'hiver.

Cependant, après avoir été confiné dans le manoir et sans beaucoup d'endroits où aller, l'extérieur est de plus en plus beau.

Les gardes ouvrent les portes en fer forgé, et nous les franchissons. Markus jette un coup d'œil à mes pieds.

– Tu vas avoir besoin de bottes d'hiver. Je n'arrive pas à croire que Jace n'ait pas insisté pour t'en acheter une paire. Ces chaussures ne sont pas du tout chaudes.

– Tu ne les as pas essayées, je dis. Elles sont doublées de fourrure et confortables.

Elles sont courtes pour la neige et ressemblent à des sabots qui ne sont pas particulièrement utiles quand il fait humide dehors.

Markus grimace.

– Merde.

– Qu'est-ce qui ne va pas ? Je demande alors que nous passons juste devant le manoir.

– J'ai laissé mon téléphone dans la maison. Je dois y retourner et le récupérer avant d'aller plus loin, dit Markus.

– Tu y retournes. Je ne vais pas m'avancer autant, dis-je en posant une main sur mon ventre. Il me faut beaucoup plus de temps qu'avant pour marcher.

Être enceinte est assez épuisant, non pas que je n'aime pas ça, mais c'est plus difficile de se déplacer qu'il y a quelques semaines.

Markus grommelle dans son souffle.

– Le patron ne va pas aimer ça, dit-il.

– Jace n'a pas besoin de savoir. Je vais rester dans cette rue et me dandiner quelques maisons plus loin. Tu pourras me rattraper.

Markus se pince les lèvres.

– Bien, mais ne t'éloigne pas de la route principale.

– Quand est-ce que je le fais ? Je demande, en lui lançant un regard perçant.

Il court vers le portail et traverse la pelouse en direction de l'entrée principale.

Je continue à me dandiner le long de la route. C'est agréable d'avoir quelques minutes de paix et de tranquillité dehors pour moi. Il me semble que cela fait une éternité que je n'ai pas été laissé seule, sans surveillance.

Le silence et la tranquillité sont écourtés.

Une camionnette blanche s'arrête à côté de moi pendant que je marche, la porte arrière s'ouvre et deux hommes en sortent, me forçant à entrer sous la menace d'une arme.

– Montez ! crie l'un des hommes armés.

Il est habillé tout en noir, à l'exception de son visage. Je ne le reconnais pas, et il ne semble pas se soucier que je voie qui m'enlève.

Ça ne présage rien de bon. S'il s'en moque, est-ce qu'il prévoit de me tuer ?

Peut-être qu'il veut me retenir en otage pour une rançon ? S'ils savent que je suis liée à Jace Barone, que je porte sa fille, alors il est possible qu'ils veuillent juste un jour de paie.

Je jette un coup d'œil en arrière par-dessus mon épaule. La maison est juste hors de vue depuis le virage de la route. Il n'y a toujours aucun signe de Markus.

– Qui êtes-vous ? J'essaie de gagner du temps.

L'homme me donne un coup de pistolet en plein visage.

– Montez ! Son rugissement est assourdissant.

J'essuie le sang de mon front et monte dans le véhicule, laissant intentionnellement tomber un de mes gants en cuir pour que Markus le trouve. Avec un peu de chance, le sang étalé leur donnera un indice que je suis en danger.

CHAPITRE VINGT-CINQ

OLIVIA

– Qu'est-ce que vous me voulez ? Je demande.

Les deux hommes à l'arrière de la camionnette ne répondent pas à ma question. Ils forcent mes mains à se joindre devant moi et les lient avec du ruban adhésif.

– Silence ! ordonnent-ils en me menaçant de me couvrir les lèvres.

J'accepte leur silence. Du moins pour l'instant.

Je ne vois pas où ils m'emmènent. La route est cahoteuse et le trajet semble long, mais je n'ai aucune idée du temps qui s'est écoulé.

Finalement, la camionnette s'arrête brusquement, et on me fait sortir par la porte latérale pour me faire entrer dans un grand bâtiment où des hommes montent la garde, armes semi-automatiques à la main.

Quel est cet endroit ?

Je ne demande pas. Je sais qu'il vaut mieux ne pas faire de scène en ce moment. Quoi que je fasse, je dois protéger la fille de Jace. Elle est la priorité.

Luka Caruso se tient au fond de la salle, les bras croisés sur sa poitrine.

– Qu'avons-nous ici ? Son sourire est sinistre et me donne un frisson dans le dos.

– Luka, je râle.

Une petite partie de moi avait souhaité que lorsque Jace s'était occupé du problème avec Luka Caruso, il soit mort.

Mais de qui je me moquais ?

Jace n'est pas un meurtrier. Et il semble que payer l'homme n'a pas aidé.

– Bienvenue à la maison, Olivia.

Il m'attrape par le bras et m'escorte avec force dans les escaliers.

C'est faiblement éclairé avec des marches en ciment, et quand j'effleure le palier inférieur, il y a plusieurs cellules de prison.

– C'est quoi cet endroit ? Je chuchote.

– L'endroit où tu vas rester, dit Luka en ouvrant la porte de la cellule de prison.

Elle grince lorsqu'il la fait pivoter et me pousse à l'intérieur.

- Tes mains, ordonne-t-il, et je lui montre le ruban adhésif autour de mes poignets, les liant ensemble.

Il récupère un couteau à cran d'arrêt dans la poche de son pantalon et tranche l'adhésif, séparant mes poignets.

– Si tu me retiens pour une rançon, tu dois savoir que Jace n'est pas en ville.

Je ne veux pas être laissé seule dans cette cellule de prison froide et humide. Mais je ne veux pas non plus me retrouver avec Luka Caruso.

Je veux rentrer chez moi, dans le manoir chaleureux et mon lit confortable.

Il y a un lit de camp dans le coin et un drap en lambeaux attaché. Je n'aurais pas dû laisser Markus revenir à la maison sans moi. Est-ce qu'il travaille pour Don Caruso ?

Est-ce une coïncidence que je sois restée seule, ou Markus a-t-il quelque chose à voir avec ça ?

– Une rançon ? Luka rit et se moque de la suggestion. Je n'ai pas besoin de son argent sale. Je sais que le logement n'est pas ce à quoi tu es habitué, mais tu seras en sécurité ici.

– En sécurité ? (De quoi est-ce qu'il parle ?) Tes hommes m'ont enlevé ! Je ne suis pas du tout en sécurité avec toi, grogne-je en me jetant sur lui, mais il fait un pas en arrière.

Il est plus rapide que moi et claque la porte de la prison.

Le métal cliquette et je passe mes bras à travers, essayant de m'accrocher à lui, mais il est trop rapide.

– Je ne suis pas le monstre, Olivia. Ton précieux petit ami, le père de ton enfant, il est dans la mafia.

Je fais un pas en arrière dans la cellule de la prison, secouant la tête avec incrédulité.

– Non, tu mens.

Je ne le crois pas. Jace a été bon avec moi, bon avec ses employés. C'est impossible qu'il soit avec la mafia. Ce n'est pas un mafieux. Il ne ferait jamais de mal à personne.

– J'ai des preuves, dit-il. Reste juste là.

Luka fait un clin d'œil et se dirige vers les escaliers.

La peur me saisit. L'incertitude plane dans l'air, se rapprochant, tourbillonnant autour de moi comme un épais brouillard. Même si je ne veux pas être près de cet homme, le fait qu'il parte m'effraie encore plus.

Et s'il ne revenait pas ? Et si Luka me laisse pourrir dans cette cellule ?

Je crie, non pas à cause de l'horreur de la situation mais à cause d'une contraction qui déchire mon corps, faisant remonter la douleur à la surface.

– Pas maintenant, je gronde mon enfant à naître.

Elle ne peut pas venir maintenant.

Comme si j'avais mon mot à dire dans cette affaire.

Luka se retourne, sentant mon malaise : j'ai une main accrochée aux barres métalliques et l'autre sur mon abdomen. Je suis courbée vers l'avant et je grimace à cause du début des contractions.

Elles sont intenses. Pas le moins du monde douces ou espacées.

Mais qu'est-ce qui se passe ?

– J'espère que tu ne fais pas semblant, dit Luka en retournant vers la cellule.

Je suis couvert d'une couche de sueur.

– Est-ce que j'ai l'air de faire semblant ? Je craque. Si quelque chose arrive au bébé que je porte, je te tue.

La colère résonne en moi. C'est de sa faute, il m'a amené ici contre ma volonté.

Les yeux de Luka se plissent d'humour.

– Tu penses que je suis ici pour te faire du mal, à toi ou à ton enfant ? Tu te trompes. On est là pour te sauver.

Je ne le crois pas. Il m'a enfermé dans une cellule de prison.

Il déverrouille la porte et crie à ses hommes de descendre immédiatement en toute hâte.

Mes pieds martèlent le ciment, et je ferme les yeux, m'agrippant aux barreaux métalliques de la cage alors qu'une nouvelle contraction me traverse.

C'est l'enfer.

Je perds les eaux.

Au cas où je ne serais pas sûre à cent pour cent d'être en travail, il est évident que le bébé arrive, que je le veuille ou non.

– Appelez le docteur Morgan, crie Luka à l'un de ses hommes.

Comment connaît-il mon médecin ? Travaille-t-elle aussi pour la famille Caruso ? Elle fait partie de la mafia ?

– Je serai rapide, dit Luka, planant près de moi alors qu'il déverrouille la cellule de la prison.

Je veux me battre avec lui, courir et m'échapper, mais le bébé arrive. Ce que je veux n'a pas d'importance.

– Comme je l'ai dit, nous sommes ici pour t'aider. Même si ce n'est pas une décision désintéressée, mais tu dois savoir la vérité. Entends-la de ma bouche.

Il sourit, et tout ce que je veux c'est effacer ce sourire suffisant de son visage.

– Entendre quoi ? Je crie.

La douleur va et vient en courtes rafales, des vagues comme l'océan qui s'écrase sur le rivage, l'une après l'autre.

– Ton petit ami, le père de ton enfant, Jace, c'est un meurtrier. Il a tué mon père, et il est responsable de l'incendie qui a volé ton fils et ton mari.

Mensonges.

Ça ne peut pas être vrai.

– Comment ? C'est le seul mot que je peux gémir entre les contractions.

Je ne veux pas le croire parce que si c'est vrai, alors tout ce que j'ai fait l'a été pour de mauvaises raisons.

– Il avait de mauvaises informations, dit Luka. (Ses yeux se plantent dans les miens.) Il a tué mon père la même nuit que ta famille. Dans un incendie. Il s'avère que nos adresses sont inversées.

– Non. Je ne veux pas le croire.

Il a répété l'adresse, et j'ai haleté, je suis tombée en avant, la douleur m'a transpercée, brûlante et chaude.

Peu importe que je ne sois pas prête, que Jace soit sur un autre continent et que j'aie six semaines d'avance.

Le bébé arrive.

CHAPITRE VINGT-SIX

Jace

– Que veux-tu dire, elle a été enlevée ? Qui l'a enlevée ?

La sueur dégouline de mon front, et je l'essuie avec mon mouchoir.

– Nous n'en sommes pas encore sûrs, patron. Il n'y avait pas de témoins, dit Matteo.

Mon estomac se noue.

– Pas de témoins. Ont-ils frappé le complexe ? Combien de mes hommes ont été blessés dans l'attaque ?

– Elle a été attrapée alors qu'elle se promenait cet après-midi.

Inacceptable !

– Pourquoi aucun de mes hommes n'était-il avec elle ? Partout où elle allait, elle était censée être accompagnée d'un garde.

– Elle était sortie se promener avec Markus. Il est stupidement retourné dans l'enceinte pour récupérer son téléphone. Le temps qu'il revienne, elle était partie, dit Matteo.

Il est calme, beaucoup plus rationnel et maître de lui que je ne le suis avec cette nouvelle.

– Ça doit être Caruso et ses hommes.

C'est la seule solution qui a du sens, Luka s'en prenant à mon enfant.

– C'est ce que nous soupçonnons aussi. Les caméras devant la maison ont filmé une camionnette blanche qui passait à toute vitesse. Il n'y a pas de surveillance capturée de son enlèvement réel, mais nous sommes confiants que c'est Caruso. Vous deux avez du mauvais sang, et s'il lui parle de cette nuit...

– Il ne le fera pas, je m'en prends à Matteo. (La discussion sur le passé est terminée. Nous faisons tous des erreurs. Les miennes étaient mortelles.) Je veux qu'une équipe soit constituée pour récupérer Olivia et ma fille saines et sauves. Tu es en charge de la mission jusqu'à mon retour. Je vais directement à l'aéroport.

Je raccroche l'appel et jette un coup d'œil à mon téléphone. Il n'y a eu aucun contact de Luka Caruso.

Quel est son but ? Pourquoi kidnapper Olivia si ce n'est pour me faire du mal ? C'est ça son plan, me faire souffrir ? Va-t-il divulguer mes secrets ?

Il est plus cruel et bien plus rusé que de la capturer juste pour le sport.

Veut-il ma position de pouvoir et le contrôle de mes hommes ? Ce ne serait pas difficile pour lui de me détruire.

C'est pourquoi je ne me permets jamais d'être proche de quelqu'un. Sauf que j'ai brisé ma propre règle avec Olivia. Et maintenant, elle est dehors, en danger, et c'est de ma faute.

CHAPITRE VINGT-SEPT

OLIVIA

On m'emmène à l'hôpital avec le docteur Morgan qui nous accompagne dans le van sombre. Le même véhicule qu'ils ont utilisé pour m'arracher à la rue.

Elle ne dit rien, mais elle a l'air aussi stressée que moi, sans la douleur de l'accouchement. Il est clair pour moi qu'elle est sous la contrainte.

Qu'est-ce qu'ils ont sur elle ?

Ont-ils menacé sa famille ?

Je ne peux pas m'inquiéter pour elle. Je me concentre sur la petite fille qui est sur le point d'éclater et d'arriver bien plus tôt que je ne le voudrais.

Le médecin surveille mes contractions sur le chemin de l'hôpital.

Chaque bosse sur la route est une nouvelle marque de torture et de douleur. J'ai envie de crier pour que le chauffeur s'arrête, mais je ne pense pas qu'il le fera, et cela n'a pas d'importance. Ce n'est pas comme si je pouvais courir et m'échapper. Si on s'arrête, je suis à la merci du nouveau-né auquel je suis sur le point de donner naissance, et ça ne veut pas dire courir loin. Peut-être sur l'herbe.

– Vous vous débrouillez bien, dit le docteur Morgan en regardant sa montre et en mesurant mes contractions.

Nous ne sommes pas seuls à l'arrière du van. Un homme avec une énorme cicatrice sur la joue gauche tient une arme dans sa main. C'est une menace. Son doigt n'est pas sur la gâchette, mais il sait que nous sommes à sa merci.

Nous nous arrêtons dans le hall des urgences de l'hôpital, et l'homme à la cicatrice ouvre la porte arrière tandis que le chauffeur récupère un fauteuil roulant près de l'entrée principale.

En quelques minutes, on me fait traverser l'hôpital et on m'emmène à la salle de travail et d'accouchement. Les hommes armés ont leurs armes cachées, mais ils ne sont qu'à quelques mètres derrière nous. Le docteur Morgan pousse le fauteuil roulant, me prenant en charge comme sa patiente.

– Vous devez attendre ici, prévient-elle aux truands en me renvoyant par les doubles portes.

– Nous avons l'ordre de rester à ses côtés à tout moment, dit l'homme au visage marqué.

– Je m'en fiche. Vous attendez ici, ou j'appelle la sécurité.

Ils soupirent et grognent leur mécontentement tandis qu'elle me fait rouler à travers la zone sécurisée.

– Relax, ils ne peuvent pas nous atteindre ici.

J'aimerais pouvoir la croire, mais ils ne vont pas me laisser partir et nous laisser tranquilles maintenant que le travail a commencé.

La douleur me déchire, une autre contraction. J'ai tellement de questions, de préoccupations, d'inquiétudes, mais rien n'a d'importance.

Jace n'est pas là.

C'est peut-être mieux comme ça. Je ne veux pas de lui dans la salle d'accouchement s'il est de la mafia et responsable de la mort d'Austin et de John.

Je ne veux pas de lui près du bébé.

Et le bébé arrive maintenant. J'ai l'impression que d'une minute à l'autre, le petit fera sa grande entrée dans le monde.

CHAPITRE VINGT-HUIT

Jace

Le vol est long et fastidieux au-dessus de l'océan Atlantique. On n'a pas de nouvelles d'elle, et je n'aime pas attendre.

Matteo est en train d'aligner mes hommes pour s'introduire dans l'enceinte de Caruso. Il n'y a eu aucune observation de l'extérieur, et nous n'avons pas d'hommes à l'intérieur.

C'est risqué avec un tel niveau de sécurité qui protégera Luka. Ils s'attendent sans doute à notre arrivée et ont renforcé leurs gardes avec des armes et une puissance de feu supplémentaires.

Nous allons vers un bain de sang. Je ne peux qu'espérer que la plupart de mes hommes en sortent vivants.

Ils sont bien entraînés, mais les Caruso aussi. Nous n'avons pas toujours été ennemis. Nous avons été réunis sous un seul chef il y a des années, bien avant que je devienne Don.

Je reçois un appel une fois qu'ils sont dans l'enceinte.

– Dis-moi que vous l'avez.

J'ai besoin de bonnes nouvelles. Je ne peux rien faire d'autre qu'attendre et rester assis dans l'avion.

– Elle n'était pas dans l'enceinte. Un des hommes a dit qu'elle était transportée à l'hôpital avant que je ne le tue.

– A l'hôpital ? Il doit y avoir un problème.

C'est elle ou le bébé ? Luka lui a tiré dessus ? C'est trop tôt pour que le bébé arrive. Elle n'est pas censée accoucher avant six semaines.

– Elle est en train d'accoucher, dit Matteo. J'envoie Markus à l'hôpital pour savoir ce qui se passe. Dès que vous atterrirez, j'aurai un hélicoptère prêt à vous transporter à l'hôpital.

– Je veux que tu surveilles sa chambre. Pas Markus.

Le gamin a royalement merdé en laissant Olivia se promener seule en dehors de l'enceinte. Rien de tout cela ne serait arrivé s'il avait suivi mes ordres.

– Bien sûr, patron. Je vais y aller tout de suite, dit Matteo.

Je raccroche l'appel. J'ai la tête qui tourne. Je suis reconnaissant de ne pas être celui qui pilote l'avion. Je m'assieds sur le siège passager en cuir, la tête entre les mains.

Ce n'est pas seulement la vie de ma fille qui m'inquiète. Quelque part au cours des derniers mois, je suis tombé amoureux d'Olivia Summers.

Je n'étais pas censé devenir intime avec elle. Elle était juste une mère porteuse, rien de plus. Mais tout a changé il y a quelques semaines après avoir découvert le sexe du bébé, l'avoir ramené à la maison, lui avoir fait ce joyeux massage...

– *Jace, c'était...*

– *Incroyable ? Je dépose un doux chemin de baisers dans sa nuque.*

Elle se retourne pour me faire face, les yeux lourds et un large sourire étalé sur son visage.

– *Je pense que tu as libéré une bête.*

— *Qu'est-ce que c'est ? Je demande.*

Elle attrape ma ceinture, la détache et l'arrache de mon pantalon.

— *Je veux plus, dit-elle.*

L'audace et l'effronterie dont elle fait preuve sont ce que j'ai attendu des mois de voir et expérimenter. Pas seulement en termes de sexe, mais en prenant les choses en main, en exigeant ce qu'elle veut.

— *Bien, parce que je vais te donner tout ce que tu veux, dis-je en la fixant du regard.*

Elle expire une douce bouffée d'air. Ses joues sont roses, et elle se traîne sur le lit pendant que je me déshabille, jetant mes vêtements sur le sol.

Olivia respire fort, ses paupières sont lourdes, ses pupilles sont sombres et larges, elle se penche vers mes lèvres. C'est comme si cette danse fastidieuse qu'on fait depuis des mois était enfin accompagnée d'un feu d'artifice.

Une explosion parfaite.

Je la fais rouler sur le côté, me blottis derrière elle, et guide ma jambe entre les siennes. La taquinant, la touchant, écoutant ses gémissements et ses supplications. Avec son corps blotti contre le mien, il ne faut pas longtemps pour que

*je devienne dur comme la pierre, palpitant pour la
libération.*

*Elle a peut-être fait des rêves sexuels, mais moi, j'ai rêvé
d'enfoncer ma bite en elle, en écoutant ses gémissements et
ses cris de plaisir.*

Chaque halètement quand je la touche me rend fou de désir.

*— On n'est pas obligés de faire l'amour, je lui chuchote à
l'oreille.*

*J'en ai envie. Mon corps a envie de se libérer, mais j'ai été
clair sur le fait qu'il s'agit de son plaisir et que je n'ai pas
l'intention de faire quoi que ce soit qui puisse la rendre
malheureuse.*

*— Tes besoins sont mes besoins, murmure Olivia. Dis-moi ce
que tu veux, Jace.*

*Elle est rauque et essoufflée. Le son de sa voix est comme une
musique céleste, douce et énergique, faisant frémir ma bite.*

*— J'ai envie de toi, j'avoue, en lui disant que mon corps est à
elle et qu'elle peut en faire ce qu'elle veut. Mais tu es
enceinte.*

*— Et alors ? Elle me jette un regard par-dessus son épaule. Le
docteur a dit qu'on pouvait faire des expériences.*

C'est ce que le docteur Morgan a demandé.

— J'ai envie de te baiser depuis le moment où on s'est rencontrés, je dis. Mais on ne peut pas avoir un coup d'un soir.

— C'est toi qui couches avec des inconnus au hasard. Pas moi, dit Olivia.

Elle remue ses fesses contre ma bite.

Je gémis à la torture atroce de ne pas encore la baiser. Parler de ça avec elle me rend fou. Ma bite palpitante ne peut pas en supporter plus.

— Je veux te baiser, aujourd'hui, demain, aussi longtemps que tu en as besoin.

Je me retiens de le lui dire pour toujours. Ce n'est pas le moment de devenir sentimental.

— C'est assez bon pour moi, murmure Olivia et tend la main derrière elle pour attraper mon membre.

Elle en caresse la tête. Sa main est chaude et douce, elle me taquine avant que je ne pose une main sur son poignet.

— Si tu continues à faire ça, je vais te décevoir.

Il y a un sourire en coin dans son ton.

— Je doute que ce soit possible.

Elle plie les genoux et se décale, me laissant toute la place nécessaire pour me glisser dans sa chaleur.

Je guide mes doigts entre ses plis et je la touche, je la caresse, je taquine son humidité avant d'enfoncer ma bite en elle. Elle est serrée, et ses entrailles palpitent au moment où je la pénètre.

— Ne viens pas tout de suite, je lui ordonne dans l'oreille, en l'embrassant.

Ma main caresse sa poitrine et descend sur son ventre jusqu'à sa perle, la taquinant à chaque poussée.

Son dos se cambre, et elle se serre sur ma queue, se rapprochant de moi.

Je trace un chemin de baisers sur son cou et son épaule, la suçant doucement alors qu'elle pousse ses hanches contre les miennes.

— Plus fort, elle halète.

Ses entrailles se resserrent sur ma queue. Ils tremblent contre mon membre.

J'accélère mon rythme. Elle est proche, et je veux qu'elle profite de la vague imminente aussi longtemps que possible.

— Viens pour moi, je chuchote contre son oreille, en tirant le lobe entre mes dents, en le suçant et en le taquinant.

Le corps d'Olivia tremble et se serre, ses entrailles frémissent et serrent ma queue, nous amenant tous les deux au bord du précipice.

Une nuit de plaisir s'est transformée en deux. Et bientôt, je la rejoignais au lit presque tous les soirs, me faufilant tard quand les lumières étaient éteintes et m'offrant à elle, pour son plaisir, bien sûr.

Mais ce n'était pas seulement pour ses besoins.

Elle répondait aux miens. Elle a surpassé ces besoins et assouvi des désirs que j'ignorais avoir jusqu'à ce que je la rencontre.

Et maintenant, une fois que le bébé est né, quelle est la suite ?

Elle part vivre sa vie, et je ne la reverrai jamais. Ce n'est pas ce que je veux.

Mais c'est ce qu'elle veut ?

Ce n'est pas une discussion que nous avons eue. J'ai évité la conversation parce que je pensais qu'on avait encore six semaines pour trouver une solution.

J'avais tort.

CHAPITRE VINGT-NEUF

OLIVIA

Elle est magnifique. Dix doigts et dix orteils. Elle est parfaite, bien que minuscule et fragile, pesant à peine plus d'un kilo.

Elle a été emmenée à l'USIN. Je ne veux pas qu'elle soit seule. Et si Luka et ses hommes s'en prennent à elle ?

Dès qu'on me le permet, une infirmière m'aide à me mettre en fauteuil roulant pour passer du temps avec ma petite fille à l'USIN.

C'est dangereux de penser qu'elle est à moi. Mais Jace n'est pas là, et il y a des hommes armés à quelques mètres de là, derrière une double porte qui n'offre aucune protection.

L'infirmière ne leur prête pas attention et me fait passer juste à côté d'eux pour voir ma petite fille.

Markus et Matteo sont tous deux dans le couloir. Ils ne me disent pas un mot.

Il y a de la tristesse dans leurs yeux. Est-ce du regret ? De la colère ? Je ne peux pas les lire.

Il n'y a aucun signe de Luka et de ses hommes, mais ça ne veut pas dire qu'ils ne sont pas tout près. Ils m'attendent.

On m'escorte devant les deux hommes de Jace et dans l'USIN. C'est vrai, il est de la mafia ? Mon estomac est lourd, alourdi par une boule de plomb qui me tourmente.

Pourquoi ne puis-je pas avoir ce seul moment de bonheur ?

Mais comment puis-je être vraiment heureuse ? Ce n'est pas le fait d'abandonner le bébé qui me fait mal, mais le fait qu'elle soit encore si fragile. Elle n'était pas encore prête à venir au monde, et ces monstres l'ont fait venir plus tôt.

Sans parler de ce qu'ils ont dit.

Tout doit être des mensonges.

Je blâme Luka Caruso. Il était derrière mon enlèvement, m'arrachant à la rue. Ce qu'il a dit sur le fait que Jace était responsable de la mort de ma famille ne peut pas être vrai. Quoi qu'il se passe entre Luka et Jace, ça ne me concerne pas.

Ça ne peut pas.

Jace m'aurait dit la vérité. Il n'aurait pas gardé de secrets pour moi. N'est-ce pas ?

— Vous avez déjà pensé à un nom ? demande l'infirmière.

— Ce n'est pas à moi de lui donner un nom, je murmure.

L'infirmière me jette un regard particulier.

— Je suis la mère porteuse, j'explique. Son père devrait bientôt arriver. Il était hors du pays...

Elle me fait rouler à côté de la couveuse ouverte.

— Je sais que ça peut faire peur, mais le lit la garde au chaud, dit l'infirmière. La bonne nouvelle, c'est qu'elle vient de passer le cap des 2,5 kg. Avec un peu de chance, elle n'aura pas à rester longtemps dans la couveuse. Les médecins surveillent ses signes vitaux et vous parleront bientôt.

— Merci.

————

Je berce le petit bébé dans mes bras. Je n'avais pas prévu de l'allaiter, mais je ne m'attendais pas non plus à ce qu'elle naisse tôt. Elle est bercée contre ma peau, en train de s'accrocher quand Jace entre dans la pièce.

– C'est elle ? Jace demande.

Ses joues sont rouges, ses yeux groggy. Il a l'air épuisé.

Ça fait deux d'entre nous. Peut-être même trois.

– Je suis désolé. Je voulais être là quand tu accoucherais.

– Je sais, je dis. (J'observe le regard de Jace vers la petite fille dans mes bras.) Je n'avais pas l'intention de la nourrir comme ça, mais le médecin a dit que ce serait bénéfique, et qu'il est plus facile pour elle de digérer le lait maternel que le lait en poudre.

Je lui offre un faible sourire.

– Elle est si petite, dit Jace. (Son regard passe de sa fille à moi.) Comment tu vas ?

– A part les hommes de Luka qui m'attrapent dans la rue ?

Je suis encore amer de cette épreuve, mais ils m'ont amené à l'hôpital.

Ça aurait pu être bien pire.

L'inquiétude me gagne. Est-ce que c'est fini avec eux ? Vont-ils revenir pour s'en prendre à la petite fille ou à moi ?

On nous accorde quelques instants d'intimité. Une des infirmières est à l'autre bout de la pièce et s'occupe d'un autre prématuré, sans nous prêter attention.

Je fixe Jace du regard.

– C'est vrai ? Je demande dans un chuchotement étouffé.

J'ai besoin de savoir que cette petite fille sera en sécurité avec lui.

Ses sourcils se crispent.

– Qu'est-ce qui est vrai ?

Je lui fais signe de se pencher plus près.

Il suit mes instructions silencieuses.

– Tout ce que Luka m'a dit, que tu es avec la mafia, que tu as brûlé ma maison et tué ma famille.

Je ne veux pas que ce soit vrai. Je le supplie sans mot dire de me dire que Luka est un menteur qui essaie de me manipuler et de me monter contre Jace.

Jace jette un coup d'œil à ma poitrine exposée. Il ne me regarde pas vraiment en train de nourrir la petite fille dans mes bras, mais plutôt quelque chose d'autre.

Je redresse mon dos alors que je suis assise avec la petite fille contre ma poitrine, en train de se nourrir.

– Dis-moi la vérité. Je le mérite, Jace.

– Ce n'est pas ce que tu penses.

Je ris de l'absurdité de sa déclaration. N'est-ce pas ce qu'ils disent toujours ?

– C'est une excuse. Alors, c'est vrai ?

Jace grimace. Son regard s'assombrit, son humeur change avec lui.

– Ce que j'ai fait dans le passé ne te concerne pas.

– Ça me concerne quand tu as assassiné mon mari et mon fils !

CHAPITRE TRENTE

Jace

Ce n'est pas comme ça que je voulais qu'Olivia le découvre.

Je ne voulais pas qu'elle découvre que j'étais responsable de l'incendie de la nuit où sa famille est morte.

C'était un accident, une erreur facile. Un de mes hommes était dyslexique et s'est trompé dans les chiffres de l'adresse.

Une erreur qui ne se reproduira plus jamais.

Il est mort.

Je l'ai fait exécuter.

Mais ça ne ramène pas les deux vies innocentes perdues. Avant de rencontrer Olivia, ils n'étaient qu'un numéro, un compte de corps qui avait été ajouté au décompte des personnes décédées dans une guerre à laquelle je ne voulais pas prendre part, mais j'avais hérité de la position.

Les hommes comptaient sur moi. Et si je ne protégeais pas mes hommes et la ville, elle serait envahie par la drogue et les armes, les meurtres et les hommes menaçant des femmes innocentes, comme Olivia.

Ne voit-elle pas ça et ne réalise-t-elle pas que je ne suis pas le méchant ? Je suis juste pris dans la mafia. Ça semble pire que ça ne l'est. Je jure que je ne suis pas le diable. Pas du tout.

Elle me regarde à peine, et je crains surtout qu'elle ne dévoile mon secret et ne trahisse notre serment, ne voulant pas abandonner ma fille alors qu'elle est sous contrat pour le faire. Si je la poursuis en justice, je gagnerai, mais ma réputation sera détruite. Les Industries Barone seront mises sous surveillance. J'ai beaucoup de façades pour blanchir de l'argent, mais ça n'a pas d'importance.

Olivia a le pouvoir de me détruire.

Je n'aurais jamais dû l'impliquer. Au moment où j'ai réalisé la connexion, l'association entre le passé et le présent, il était trop tard.

Elle était enceinte.

Et maintenant elle tient ma fille dans ses bras. Je devrais être reconnaissant qu'elle nourrisse le bébé, qu'elle s'occupe d'elle comme je ne peux pas le faire, mais elle ne devrait pas être là. Elle en a fini.

Son engagement envers moi est terminé.

– Tu n'as pas à être là, je lui dis, lui rappelant l'accord que nous avions. Tu ne devrais pas être ici.

Son engagement a été respecté. Elle a donné naissance à ma fille.

Bien que je la veuille à mes côtés, ce n'est pas l'arrangement.

– Je ne pars pas, dit Olivia, en me regardant fixement.

L'infirmière revient, prend le bébé endormi des bras d'Olivia et le remet dans la couveuse.

– Avez-vous pensé à un nom ? demande l'infirmière, inconsciente de la tension qui monte entre nous deux.

– Oui, Astrid Elisa Barone, dis-je.

Je ne savais pas comment j'allais appeler ma fille avant de la voir, jusqu'à cet instant précis.

– C'est un beau prénom, dit l'infirmière en le notant.

Elle s'occupe de la petite Astrid, s'assure qu'elle va bien avant de s'occuper du bébé suivant.

– Je pensais qu'Astrid pourrait être nommée d'après Austin. Ils commencent tous les deux par un A.

J'essaie d'être du bon côté d'Olivia.

C'est important ?

Nous n'aurons plus jamais à nous revoir. Je déposerai le reste des fonds qui lui sont dus, et c'est tout, la fin.

Olivia ouvre la bouche et la referme rapidement. Comme si elle avait quelque chose à dire mais qu'elle préférait ne pas le faire.

– Je ne quitterai pas son chevet, Jace. Pas avant qu'elle ne sorte de l'hôpital.

Cela m'inquiète, son attachement à Astrid, la perte d'un enfant déjà, et ce que cela pourrait signifier. Je n'étais pas inconscient des dangers quand je me suis engagé dans ce marché avec elle, mais je ne pensais pas qu'elle découvrirait mon passé et qui je suis.

Je n'ai pas cherché à découvrir son passé, sinon j'aurais peut-être réfléchi à deux fois avant de lui demander d'être la mère porteuse.

Va-t-elle se battre avec moi pour la garde ?

Nous avions un arrangement et un contrat signé. Mais qu'est-ce que ça changera si elle dit aux médias que je suis Don, le chef de la famille Barone, un mafieux ?

———

Il y a une étrange atmosphère entre nous. Une immobilité. Le calme avant la tempête.

Olivia est sortie de l'hôpital, mais Astrid n'a pas encore reçu le feu vert. Elle va bien, elle s'épanouit, mais elle ne prend pas encore assez de poids et ne parvient pas à réguler sa température corporelle.

Donc, nous attendons.

Je dois travailler, mais j'ai pris congé et laissé Matteo s'occuper de la politique du bureau et de la direction de la mafia pendant que je suis au chevet de ma fille. Je n'ai jamais compté sur lui autant que maintenant.

Olivia est avec moi tous les jours, à chaque étape du chemin. J'ai insisté pour qu'elle soit libre, mais elle ne quitte pas Astrid, elle pompe et nourrit, elle crée des liens avec ma fille.

Et cela me fait peur.

Je n'ai pas accepté d'être co-parent.

Astrid est à moi.

Mais biologiquement, Olivia est sa mère.

On m'a mis en garde contre la maternité de substitution traditionnelle et on me l'a déconseillée, en me disant que je devais plutôt chercher une mère porteuse gestationnelle qui n'aurait aucun droit légal sur l'enfant puisque son ovule ne serait pas utilisé.

Mais j'ai fait ce que je voulais contre l'avis des conseillers. Et maintenant, je dois faire face aux conséquences de mes actes.

Ça n'aide pas que j'aie couché avec Olivia, que je me sois attaché à la femme qui a porté ma fille.

Est-ce que je veux qu'elle parte ? Non, mais je suis aussi conscient des dommages que j'ai causés, de la douleur qu'elle a endurée à cause de moi.

– Je vais préparer mes affaires, dit Olivia.

Il est tard, et rester à toute heure de la nuit n'aide personne. J'envisagerais bien de réserver une chambre d'hôtel près de l'hôpital, mais Astrid est stable. Les médecins nous assurent qu'elle se porte aussi bien que prévu et que nous devons simplement lui laisser le temps.

Je ramène Olivia à l'enceinte, mais je n'ai pas de véritable plan. Je devrais faire passer des entretiens à des nounous. Un jour ou l'autre, je devrai reprendre le travail, mais cette idée est loin de me venir à l'esprit.

– Tu n'as pas besoin d'aller quelque part, je dis.

Mes mains sont sur le volant, serrées.

Nous avons à peine échangé quelques mots ces deux derniers jours. Chaque conversation a porté sur Astrid.

Un jour ou l'autre, il faudra bien qu'on parle de nous. Ou de tout ce qui existe.

– Rester ne semble pas être une option, dit Olivia. Je suis sûre que tu veux ton propre espace et que tu ne veux plus me voir.

Je ne lui dis pas que l'idée qu'elle parte me déchire de l'intérieur.

– La maison est bien assez grande, dis-je, offrant une excuse raisonnable pour qu'elle ne parte pas.

Elle exhale un lourd soupir.

– Je partirai quand Astrid rentrera avec toi, dit Olivia.

Le silence envahit le véhicule alors que nous approchons de l'enceinte.

– C'est vrai ? demande-t-elle.

– Qu'est-ce qui est vrai ?

Je veux éviter toute conversation concernant Luka Caruso et son enlèvement. Mais nous n'avons pas parlé. L'hôpital n'était pas le lieu approprié pour cette conversation.

– Tu as fait assassiner mon mari et mon fils.

Quand elle le dit à haute voix, c'est comme si un poignard aiguisé perce mon cœur.

– C'était un accident.

– Mais tu as essayé de tuer quelqu'un ? Olivia insiste davantage, me forçant la main.

Je ne veux pas lui révéler un monde sombre et terrifiant, qui lui donnerait des cauchemars lorsqu'elle ferme les yeux en allant se coucher.

– Je ne prends pas ce que je fais à la légère, je dis. Je n'ai jamais tué quelqu'un sans que cela soit justifié. Bien que la loi ne considère pas le meurtre comme une cause juste, nous n'agissons pas dans les limites de la loi. La police a tendance à regarder de l'autre côté. Nous ne leur donnons pas non plus beaucoup d'éléments pour travailler en termes de preuves.

Nous ne laissons rien derrière nous.

C'est pourquoi il y a eu un incendie cette nuit-là. J'avais enterré et brûlé toutes les preuves.

Détruites.

Personne ne pourrait jamais savoir ou me relier au crime. Mais j'étais là, à confesser pratiquement mes péchés à Olivia Summers.

C'était un jeu dangereux.

Elle était dangereuse, elle m'arrachait la vérité, une chose que je n'avais jamais partagée avec personne en dehors de la famille. Jamais.

– Tu portes un micro ?

Je me range brusquement sur le côté de la route. J'ai détaché ma ceinture de sécurité et ouvert sa chemise d'un coup sec. Les boutons s'envolent. J'ai déjà été trahi, et je ne peux m'empêcher de douter de ses questions et de son intégrité.

– Mais qu'est-ce que tu fais ? hurle-t-elle. (Olivia repousse mes bras.) Lâche-moi !

Je fais ce qu'elle demande, uniquement parce qu'il n'y a aucune trace de fil, aucune surveillance à ma connaissance.

Elle est clean.

C'est moi qui ai les mains sales.

– Je te dirai tout, mais seulement quand on sera de retour à l'enceinte. J'ai besoin de savoir avec une certitude absolue que mes mots ne peuvent pas être utilisés contre moi.

– Et ensuite ? demande-t-elle. Que m'arrivera-t-il ?

Est-ce qu'elle craint pour sa vie ?

Elle devrait. Je ne lui ferais jamais de mal, mais je ne suis pas moins un monstre pour autant. Une fois qu'elle aura appris la vérité, elle ne pourra plus être ignorée. La boîte de Pandore est ouverte.

– Luka pourrait potentiellement s'en prendre à toi à nouveau. Je ne pense pas qu'il le fera, parce qu'il a gagné si son but était de divulguer mon secret pour me détruire.

– Il ne le fera pas, murmure Olivia, aussi sûre que moi qu'il a fait ce qu'il voulait. Les dommages sont graves. Éternels.

– Malgré cela, je t'ai trouvé un appartement en ville. L'immeuble aura une sécurité privée, et tu seras en sécurité.

Elle exhale un lourd soupir.

– En sécurité comme la dernière fois, quand un sale type m'espionnait ?

Je grimace et me laisse tomber dans mon siège. J'attache ma ceinture de sécurité et retourne sur la route.

– C'était différent. C'étaient les hommes de Luka qui te surveillaient.

On pense tous les deux qu'il a fini. Il s'est amusé. Du moins, je veux croire que le jeu consistant à poursuivre Olivia et à la traquer est terminé. Il l'a attrapée. J'ai perdu.

Et même si j'ai perdu, elle est toujours en vie. Et pour cela, je suis éternellement reconnaissant.

Elle est silencieuse pendant que je nous ramène au complexe. Juste quand on atteint le complexe, elle me regarde.

– Je tombais amoureuse de toi, murmure-t-elle en me fixant.

Mon cœur bat la chamade dans ma poitrine.

Oui, moi aussi.

Mais ça ne sert à rien de gaspiller de l'air pour lui dire que je suis désolé ou que je ressens la même chose. Les excuses n'ont aucun sens. Elles sont pour les faibles. Et regardons les choses en face, rien de ce que je dis ou fais ne peut réparer toute la merde que j'ai causée et les dégâts que j'ai faits.

J'ai merdé.

Elle sort du véhicule, et je la suis à l'intérieur. Olivia se dirige directement vers sa chambre.

– Je peux t'offrir quelque chose ? Je lui propose.

Au moment où elle atteint le haut du palier, elle se retourne pour me faire face. Une main sur la rampe, l'autre pointant vers ma poitrine.

– Il n'y a rien que je puisse vouloir de toi.

– Je n'ai jamais voulu te faire de mal, je dis.

C'est probablement la pire des excuses, mais c'est vrai. Mon intention n'était pas de la blesser, elle ou sa famille.

– Tu sais quoi, Jace ? Luka avait raison.

Ma bouche est desséchée. J'ai peur de lui demander où elle veut en venir avec sa façon de penser. C'est dangereux.

Mortel.

Je ne lui ferais jamais de mal, mais je ne peux pas en dire autant de lui.

– Il a dit que je devais garder le bébé, qu'alors seulement tu saurais ce que c'est que de perdre sa propre chair et son sang, son seul enfant.

Il voulait qu'Olivia me fasse du mal. Je n'en attendais pas moins. J'ai détruit deux familles ce jour-là : Celle de Luka et celle d'Olivia.

Le père de Luka avait été la mission, détruire un don pour perturber l'empire, et l'espoir était que les deux familles puissent fusionner, à nouveau, sous un nouveau chef.

C'était un vœu pieux. Il était insensé de croire que Luka accepterait la mort de son père sans représailles.

– Au cas où tu l'aurais oublié, Luka est le monstre.

– De là où je suis, tu en as aussi l'air.

Elle tourne sur ses talons et se dirige vers sa chambre.

Je la suis de près. Il y a tellement de choses qu'elle ne sait pas sur nos familles ennemies. Mon rôle dans tout ça n'était pas un choix. C'était par nécessité.

– Les Caruso sont des psychopathes violents, dis-je en poursuivant Olivia.

Je la suis dans sa chambre et claque la porte brusquement derrière moi.

Elle sursaute.

N'a-t-elle pas réalisé que j'étais sur ses talons, en train de la suivre ?

– Eh bien, tu es un meurtrier, dit-elle d'un ton direct.

Même lorsqu'elle prononce ces mots, elle n'a pas l'air d'avoir peur de moi. Est-ce qu'elle cache sa peur ? Ou se rend-elle compte que certains hommes sont pires que d'autres ?

– Je n'ai fait que ce qui était dans le meilleur intérêt de la famille et de la ville, dis-je.

Je prends sa main et l'entraîne dans la salle de bains, en claquant la porte. Je fais tourner le ventilateur et j'allume la douche.

– Je ne me douche pas avec toi, Jace.

Elle croise ses bras sur sa poitrine.

– Tu n'as pas à le faire. Déshabille-toi. J'ai besoin de voir que tu ne portes pas de micro. Ensuite, je te dirai tout.

Elle grogne et se déshabille lentement. Ce n'est pas la tâche la plus facile. Elle laisse ses sous-vêtements et son soutien-gorge.

– Heureux ?

– Rien de tout ça ne me rend heureux, je dis.

Je lui fais signe de se retourner pour que je puisse inspecter chaque centimètre de son corps.

Elle roule les yeux, se tourne pour me montrer qu'elle ne porte pas de fil. Il n'y a rien d'attaché à ses sous-vêtements.

– Crache le morceau, exige-t-elle.

Il n'y a pas de retour en arrière. Elle mérite la vérité et de l'entendre de ma bouche.

– Les hommes de Luka sont dangereux. Ils menacent les femmes, les enfants, tous ceux qu'ils jugent inférieurs à eux. Tu as vu de première main comment Luka traite une veuve éplorée, je dis, lui rappelant ce qu'elle a enduré de ses mains.

Elle n'objecte pas, mais me regarde fixement, apparemment convaincue que je suis le monstre dans cette histoire.

– Il dirige le marché noir de la ville, enlève les jeunes enfants, surtout les nouveau-nés, et les vend à une agence d'adoption dont il est propriétaire.

C'était ma première crainte quand Olivia a été enlevée - que Luka vende mon enfant au marché noir.

– Je ne me soucie pas de ses crimes. Je me rends compte que c'est un connard. Ce que je ne comprends pas, c'est comment tu m'as menti pendant des mois ! Tu as grimpé dans mon lit, prétendant être un héros alors que tu n'es qu'un monstre.

Elle n'a pas tort. J'aimerais que ce soit le cas. Si je pouvais défaire tout ça, peut-être que j'essaierais quelque chose de différent.

– Je ne peux pas le laisser posséder la ville, je dis, ignorant sa colère et son ressentiment. (Elle peut me détester pour toujours. C'est quelque chose avec lequel vais devoir apprendre à vivre et à accepter.) Il vole des enfants, et il vend des armes et de la drogue. Puis il menace les petites entreprises, exigeant qu'elles paient pour leur protection, ou ses voyous pillent l'endroit.

– Et tu es quoi, une sorte de héros ?

Ses mots sont empreints de dédain.

– Je ne suis pas un saint, mais je ne suis pas non plus Luka Caruso, dis-je. Nous avons quelques casinos clandestins qui ne sont pas du tout légaux et qui fonctionnent sous le radar, mais nous ne faisons de mal à personne. Nous offrons une protection contre les hommes de Caruso aux entreprises qui ont besoin d'aide, et je dirige un réseau capable de gérer les faux papiers et les pièces d'identité.

Elle se moque dans son souffle.

– Tu veux me dire que c'est le seul commerce illégal que vous faites, des jeux d'argent et des fausses cartes d'identité ?

– Nous avons un club BDSM clandestin, dis-je avec un sourire en coin.

– Je ne suis pas sûre si tu plaisantes ou pas. (Son regard se resserre, et elle lève une main pour m'empêcher de répondre.) Je ne veux pas savoir. J'ai compris. Luka est un homme mauvais. Tu es quoi, un saint ?

– Non, je ne suis juste pas le diable pour lequel tu me fais passer.

Elle souffle dans sa respiration.

– C'est juste. Je déteste juste toujours le fait que tu aies tué mon fils, mon mari. Je ne peux pas laisser passer ça. N'espère pas mon pardon. Pas maintenant. Probablement jamais.

Je presse mes lèvres l'une contre l'autre.

– Je comprends.

J'essaie de ne pas fixer sa nudité. Je veux la toucher, la tenir, me racheter pour mes transgressions passées.

Je ne suis pas un idiot. Je sais que le sexe n'est plus d'actualité. Pas seulement parce qu'elle vient d'avoir un bébé, mais parce qu'elle me couperait probablement la bite si je m'approchais d'elle avec.

Elle est en colère contre moi, et le pardon n'est pas facile à accepter, surtout de la part d'un homme qui dirige la mafia.

CHAPITRE TRENTE-ET-UN

OLIVIA

Quatre Semaine Plus Tard

J'ai évité Jace autant que j'ai pu, mais c'est un exploit impossible quand il me conduit à l'hôpital, et qu'il est à mes côtés avec Astrid.

Je devrais probablement renoncer à mes droits comme promis. Et je le ferai, mais pas avant de savoir qu'elle est en sécurité.

Elle sera en sécurité avec Jace, n'est-ce pas ?

C'est le chef de la mafia.

Comment pourrait-elle être en sécurité ? Je ne me sens même pas en sécurité, et je dors toujours sous son toit.

Je ne me sens pas à l'abri de lui, de ses hommes, ou de Luka, qui est toujours dans la nature.

Luka Caruso va-t-il revenir pour moi ?

Je ne l'ai pas vu depuis le jour où j'ai été enlevée, le jour où j'ai accouché d'Astrid. Je regarde constamment par-dessus mon épaule à l'hôpital. L'inquiétude s'insinue, mais je ne suis pas tombée sur lui.

Jace et moi passons pas mal de temps ensemble à nous occuper d'Astrid. Je continue à tirer mon lait, à approvisionner l'hôpital en lait maternel et à la nourrir quand elle a faim. Elle prend le sein et en prend plus que lorsqu'elle a commencé.

J'avais juré de ne pas m'attacher à elle, mais c'est impossible de ne pas le faire, en regardant cette magnifique petite fille blottie contre ma poitrine.

– Bonne nouvelle. Le docteur se dirige vers nous avec un sourire éclatant. Vous allez pouvoir ramener Astrid à la maison ce soir. Elle se porte bien et est capable de maintenir sa température corporelle. Elle a aussi pris un peu de poids et se porte bien.

– C'est une excellente nouvelle, murmure-je en regardant Astrid.

Mais ce n'est pas une bonne nouvelle. C'est comme une autre perte.

Je ne veux pas être égoïste. Je me suis engagée dans cet arrangement en sachant que Jace aurait un enfant, et que nous nous séparerions. Mais même avec tout l'argent qu'il m'a offert, après avoir pris soin d'Astrid et avoir été avec elle tous les jours à l'hôpital, j'ai l'impression qu'elle est un peu à moi.

Je ne la lui enlèverai jamais. Je ne suis pas faite pour être mère. Je n'ai pas pu protéger Austin. Qu'est-ce qui me fait penser que je peux protéger Astrid ?

Jace et le docteur discutent des détails des soins d'Astrid. Je ne fais pas attention et me concentre sur la petite fille dans mes bras. Je ne sais pas combien de temps nous aurons encore ensemble et je veux savourer chaque seconde.

———

La nuit tombe plus tôt que je ne le voudrais.

Si je suis soulagée qu'Astrid puisse rentrer chez elle avec Jace, je m'inquiète de ce que sera sa vie. Aura-t-elle des gardes qui l'escorteront partout où elle ira en grandissant ?

Je ne suis pas inquiète de la normalité de sa vie. Je savais dès le début que son père était milliardaire. Rien ne sera normal pour elle. Mais je me demande si elle sera la cible de l'autre famille de la mafia.

Je ne veux pas de cette vie pour elle. Mais ce n'est pas à moi de décider. Et je dois faire la paix avec la façon dont Jace choisit de l'élever.

Nous nous dirigeons vers le hall, Jace portant le siège auto avec Astrid à l'intérieur, et nous marchons l'un à côté de l'autre en silence.

Une flopée de journalistes se précipitent sur nous avec des caméras et des microphones, leur attention étant focalisée sur Jace.

– Jace, pouvez-vous nous dire si les rumeurs sont vraies ? Est-ce que le bébé est le vôtre ? demande un journaliste.

La chaleur enflamme mes joues. Mon estomac lutte pour sa survie. Je lève la main pour couvrir mon visage et laisse mes longs cheveux me cacher des caméras.

– Quel est le nom du bébé ? crie un autre journaliste. Avez-vous l'intention d'épouser la mère et de vous installer après votre vie de célibataire ?

Jace les ignore et pose une main sur mon dos, me guidant à l'extérieur vers une voiture qui attend. Matteo est à la place du conducteur.

Jace ouvre la porte arrière et me fait signe de monter à l'intérieur pendant qu'il contourne l'arrière du véhicule et ouvre la porte opposée, sécurisant le siège auto pour Astrid.

Une minute plus tard, il est assis à l'avant avec Matteo.

– Qu'est-ce que c'était que ça ? Je demande alors que nous nous éloignons de l'hôpital.

Je jette un coup d'œil par la fenêtre arrière à la frénésie médiatique que nous avons laissée derrière nous.

– Tu ne pensais pas honnêtement que personne ne découvrirait que tu as donné naissance à l'enfant du milliardaire Jace Barone ? dit Matteo.

Il y a un air de défi dans son ton.

– J'espérais ne pas avoir mon visage à la une des journaux, dis-je. Est-ce qu'ils savent que tu es de la mafia ?

Matteo jette un regard noir à Jace.

– Relax, elle sait qu'elle doit se taire sur la famille. Je m'occupe des médias, dit Jace.

– D'accord, comme tu t'es occupé d'eux aujourd'hui, je marmonne.

Il a ignoré les journalistes. Si c'était sa façon de traiter avec les médias, ça n'avait pas l'air de marcher.

– Peut-être que ça ne te dérange pas d'être traqué, mais que se passera-t-il quand ils me retrouveront ? Je demande.

Il se déplace sur son siège et me jette un regard par-dessus son épaule.

– Tu te souviendras de garder ta bouche fermée, dit Jace.

– C'est une menace ?

– Considère que c'est une suggestion chaleureuse, dit Jace.

Je n'ai aucune intention de parler à la presse, mais quel culot de penser qu'il peut contrôler ce que je dis et fais ! Quand je retournerai à la maison, je préparerai mes affaires et je partirai. J'en ai fini avec Jace Barone et sa famille.

Matteo se racle la gorge et attrape un trousseau de clés dans le porte-gobelet. Il me les lance en retour.

– On a trouvé un appartement, dit Matteo. J'ai déjà balayé l'endroit pour m'assurer qu'il n'y avait pas de micros ou d'autres équipements de surveillance.

Même si je suis toujours en colère, j'apprécie les petites choses, comme l'intimité.

– Merci, je dis.

Je n'ai pas l'intention de vivre sous son toit pour toujours. Même en dehors de sa maison, c'est toujours une des propriétés de Jace. Mais je n'ai pas passé de temps à chercher à louer un appartement ou à acheter une copropriété. Et la plupart des endroits où j'emménagerais nécessiteraient un préavis, à moins qu'ils n'aient une place libre.

Jace se retourne pour faire face à l'entrée.

– Tu es la bienvenue pour rester aussi longtemps que tu le souhaites.

Je ne me sens pas très invitée par son langage corporel. Il ne prend même pas la peine de me regarder. On dirait une formalité. Ne vous inquiétez pas, je n'accepterai pas.

– Ce n'était pas l'accord, Jace.

– Je pensais juste que si tu n'es pas encore prête à quitter Astrid, tu n'es pas obligée de le faire.

Jace émet un léger soupir et me jette un bref regard par-dessus son épaule.

Astrid commence à s'agiter sur la banquette arrière alors que nous nous immobilisons à cause de la circulation.

– C'est ta fille, pas la mienne, je dis.

Il voulait ce bébé. Il m'a choisi comme mère porteuse. Je n'ai accepté que pour l'argent. Du moins, c'est ce que c'était au début, du désespoir. Je pensais aussi que Luka voulait que j'accepte la maternité de substitution pour effacer ma dette.

Un malentendu.

– D'accord, dit Jace.

Il y a une froideur et une distance entre nous. Il est temps pour moi de partir.

Après quelques minutes, les pleurs d'Astrid se calment alors que nous nous engageons dans la circulation.

————

Je fais mes bagages. Je veux voir Astrid, passer le plus de temps possible avec elle avant de lui dire au revoir, mais plus je la tiens, plus ça me fait mal de partir.

Et je dois partir. Ce n'est pas ma maison, et Jace est un menteur.

Dois-je emmener Astrid avec moi, loin des démons qui pourchassent Jace ?

Si je le fais, ses hommes viendront me chercher.

Jace me traquera. C'est un tueur de sang-froid. Après avoir assassiné mon mari et mon fils, il pourrait facilement le refaire.

Mais quel genre de personne suis-je si je la laisse avec un monstre ?

Je ne prends pas la peine de plier mes vêtements. Je mets tout dans le sac de voyage. Il est rempli de vêtements de maternité. Quand je suis venue chez lui il y a quelques mois, je n'avais presque rien. Une voiture qui était presque en panne d'essence et avec laquelle je vivais. Il a changé ma vie.

Comment puis-je ignorer ce qu'il a fait ? Les mensonges qu'il a dits, les vérités qu'il m'a cachées.

Il y a des bruits de pas à l'entrée de ma chambre. La porte est ouverte, et je regarde par-dessus mon épaule.

C'est Jace.

Astrid n'est pas dans ses bras.

– Je l'ai mise dans le berceau. Elle est profondément endormie par le trajet, dit Jace. Tu as fait tes bagages ?

– Je pense que oui, je dis.

Il entre dans ma chambre et attrape mon sac, le descend dans les escaliers et le porte à ma voiture, en mettant le sac sur la banquette arrière.

Matteo sort du bureau voisin.

– Je t'ai envoyé par SMS l'adresse du complexe d'appartements où tu seras logée. A moins que tu ne veuilles que je t'y conduise, pour m'assurer que tout est sécurisé ?

– Je peux m'en occuper, je dis.

Est-ce que ça veut dire que je n'aurai plus les hommes et les gardes de Jace qui me suivront ? Est-ce qu'il pense que Luka n'est plus une menace pour moi parce que nous ne sommes plus ensemble ?

Je ne devrais pas rester en ville. Je devrais m'éloigner le plus possible de Jace et Luka. Ils seront toujours en guerre, et je ne veux pas être près de la destruction qu'ils apportent à la ville ou à eux-mêmes.

J'ai rêvé de quitter Los Angeles, de me rendre à Breckenridge pour un nouveau départ.

Peut-être qu'il est temps de faire de ces rêves une réalité.

Jace m'a accompagné dehors jusqu'à ma voiture. Il ouvre la porte côté conducteur. S'attend-il à un câlin ou à un baiser d'adieu ?

La colère résonne dans mon corps, le sang s'accélère, mon cœur s'emballe et mes mains deviennent moites.

– Prends soin d'elle, Jace, je dis. Luka est toujours là dehors, et il est dangereux.

Son regard se resserre.

– Pas aussi dangereux que moi.

Pourquoi tout doit-il être une compétition entre hommes ? J'expire un soupir. C'est mon signal pour partir. Je sors le texto de Matteo et prend les indications pour aller à l'appartement.

Pour ce soir, je vais rester à l'endroit qu'il m'a arrangé pour vivre. Mais je ne peux pas y rester pour toujours.

– Au revoir, je dis et je me glisse dans la voiture.

Il ferme la porte de la voiture pour moi et s'écarte du chemin. J'attache ma ceinture, démarre le moteur et me dirige vers les portes en fer. Le garde ouvre les portes métalliques, me permettant de partir.

C'est la première fois depuis des mois que j'ai le droit de partir seule.

C'est à la fois rafraîchissant et terrifiant. Je serre le volant et suis les indications de mon téléphone en direction de mon nouvel appartement.

Il est temps de rentrer à la maison.

CHAPITRE TRENTE-DEUX

Jace

Une Semaine Plus Tard

Je n'ai pas eu de nouvelles d'Olivia. Elle n'est pas retournée au travail. Non pas que je m'attende à ce qu'elle le fasse, non plus.

Ryder, un de mes meilleurs capos, surveille l'appartement et me prévient en cas de visite. Je garde surtout un œil sur Luka pour m'assurer qu'il ne la harcèle pas. Je ne m'attends pas à ce qu'il se montre, mais il l'a enlevée dans la rue alors qu'elle était enceinte.

S'il veut me faire du mal, il peut passer par Olivia.

Mais s'il suppose que nous avons rompu, alors il devrait la laisser tranquille. Il n'y a pas eu de mot de lui.

C'est trop silencieux.

Matteo a gardé un œil sur la famille Caruso, s'assurant que Luka ne s'en prend pas à ma famille. Il a réussi, avec un peu d'aide, à pirater leur sécurité et les images de surveillance.

S'ils prévoient de s'en prendre à ma famille, nous le saurons.

Astrid pleure beaucoup. On dirait qu'elle ne s'arrête pratiquement jamais, sauf pour manger et dormir. Je ne sais plus quoi faire, comment gérer un bébé qui hurle.

Veut-elle sa mère ?

Olivia est partie. Elle ne reviendra pas. Et j'ose dire qu'elle me manque.

Je berce Astrid dans mes bras, le biberon à ses lèvres, mais elle ne le prend pas. Son visage est rouge, ses cris sont de plus en plus forts.

– Puis-je faire une suggestion, monsieur ? demande Matteo.

Il doit sentir ma frustration. Il ne propose pas de tenir Astrid. Personne ne le fait. Je ne sais pas si c'est par peur d'un nouveau-né ou s'ils n'aiment pas les enfants. Mes hommes n'ont pas d'enfants. Ils prennent à peine soin d'eux en dehors de l'enceinte.

– Quoi ? Je lui grogne dessus.

Je suis épuisé et je manque de sommeil. Je ne sais pas pourquoi j'ai pensé que je pouvais faire ça tout seul.

– Ryder m'a dit qu'il n'a pas vu Olivia quitter son appartement une seule fois la semaine dernière.

Ça ne sonne pas juste.

– A-t-elle eu de la nourriture ou des produits d'épicerie apportés ?

Les sourcils de Matteo sont froncés.

– Non, monsieur. J'aimerais qu'un de mes hommes soit envoyé pour vérifier son bien-être.

Je berce Astrid d'un bras quand elle prend enfin la bouteille. Je suis submergé par le soulagement.

– Bien, fais-le.

– Puis-je également faire une autre suggestion ? demande Matteo.

Je le regarde fixement.

– Quoi encore ?

Je suis grincheux à souhait, et il n'arrange pas mon humeur.

– Vous avez besoin d'aide avec le petit. Puis-je suggérer que nous fassions appel à une nounou ?

– Je ne veux pas que quelqu'un d'autre élève mon enfant.

L'intention que j'avais au début, avant qu'Olivia n'accouche, était idéale.

La réalité est bien différente. Comment faire confiance à une personne extérieure ? Je ne suis pas intéressé à moins que la nounou soit compétente en arts martiaux, en armes et en entraînement à l'autodéfense. Je ne veux pas que Mary Poppins surveille mon enfant. J'ai besoin de quelqu'un avec une expertise tactique et une formation en sécurité privée.

Ce qui limite considérablement ma recherche.

Et l'idée d'avoir un garde pour suivre la nounou, ce n'est pas une option. Je ne peux pas risquer que quelqu'un d'autre sache que nous sommes de la mafia ou qu'elle aussi puisse être en danger.

– C'est à propos d'Olivia, monsieur ?

Matteo n'évite pas les questions difficiles. C'est pour ça que je le paie, pour être brutalement honnête. En ce moment, ce n'est pas une qualité que je trouve attachante.

– Non, je réponds un peu trop rapidement.

Peut-être que j'essaie de me convaincre qu'il ne s'agit pas d'elle non plus.

– Une fois qu'on aura pris l'habitude, tout ira bien, dis-je en essayant de me rassurer.

———

Astrid est bien réveillée. Elle a pris l'habitude de dormir quelques heures dans la journée et de pleurer à toute heure de la nuit.

Pour l'instant, elle est calme. Elle est nourrie, changée et emmaillotée dans une couverture dans mes bras. Ses yeux bleus brillant me fixent.

Elle a les yeux d'Olivia. Ils changeront peut-être quand elle sera plus grande, mais j'en doute. Elle a aussi des mèches de cheveux blond doré.

Mon estomac fait une culbute. D'une certaine manière, je lui ai pris deux enfants.

Non, Olivia est partie. Elle devait partir pour la garder en sécurité. En plus, elle était prête à partir. L'accord était complet, et sa partie était finalisée.

Mais j'étais ouvert pour changer les choses. Si seulement elle ne m'avait pas regardé avec un tel dégoût.

Suis-je le monstre qu'elle croit que je suis ?

On frappe doucement à la porte de la chambre d'enfant.

Je suis assise sur un rocking-chair près de la fenêtre, avec Astrid enroulée dans mes bras.

Ryder passe sa tête dans la pièce, et sa voix est douce et calme quand il parle.

– Monsieur.

– Entre, dis-je en lui faisant signe de s'approcher. As-tu envoyé quelqu'un à l'appartement d'Olivia ?

Je veux savoir que tout va bien, mais cela voudrait dire que l'un de mes hommes est incompétent, ce qui n'est pas de bon augure non plus.

– Oui, j'y suis allé moi-même pour vérifier qu'elle allait bien.

– Et ? Je n'aime pas qu'on me fasse attendre.

Astrid commence à s'agiter dans mes bras, et je la berce contre ma poitrine, en lui tapotant le dos pour la calmer. Ça ne marche pas.

Les larmes commencent à couler.

C'est comme si elle savait que nous parlions de sa mère et qu'elle n'était pas heureuse qu'Olivia soit partie.

Moi non plus, mais c'est la vie.

Je ne peux pas supplier Olivia de retourner à la communauté. Ce n'est pas sa vie. Elle n'est pas la mienne.

– Elle ne va pas bien, monsieur. Ma belle-sœur a fait une dépression post-partum. Je n'y connais pas grand-chose, mais je crains qu'elle ne soit confrontée au même genre de scénario.

Ce n'est pas ce que je voulais entendre. J'espérais qu'elle allait bien, qu'elle était heureuse de se débrouiller seule.

– Que suggères-tu ? Je demande.

– Elle a probablement besoin de parler à un thérapeute, mais je peux me tromper. Vous devriez peut-être lui rendre visite, voir par vous-même comment elle va.

Est-ce qu'elle veut au moins me voir ?

– Je ne suis pas sûr que ce soit une bonne idée, je dis.

Je veux la voir, mais je ne veux pas aller trop loin. Elle m'a clairement fait comprendre qu'elle ne veut pas être avec moi et qu'elle me déteste pour ce que j'ai fait.

Je ne lui en veux pas, mais le fait que j'arrive à l'improviste ne va pas améliorer son humeur.

– Elle a refusé de me parler, m'a claqué la porte au nez, dit Ryder.

– Qu'est-ce qui te fait penser qu'elle va me parler ?

– C'est ce qu'elle a dit. Elle m'a dit que la seule personne à qui elle parlerait serait Don Barone.

D'une certaine manière, je doute qu'elle ait utilisé ces mots, qu'elle m'ait appelé Don, mais je ne remets pas en cause sa tactique. Il essaie d'aider, et Ryder m'appelle librement Don, puisque je suis son patron.

CHAPITRE TRENTE-TROIS

OLIVIA

L'appartement est sombre. Les rideaux sont fermés, et je n'ai pas encore tiré les rideaux. Je ne veux pas chercher la lumière du soleil ou la chaleur. Toute sorte de bonheur n'est pas pour moi.

Ryder s'est pointé sans prévenir.

Est-ce que Jace me surveille ?

Il n'y aurait aucune autre raison pour qu'un de ses gardes me rende visite.

L'endroit est en désordre. J'ai vécu dans mon sac de couchage. A quoi bon le déballer si je prévois de partir ?

Je me prélasse dans un pantalon cargo bleu foncé et un t-shirt à manches longues. Je cherche à être confortable, mais je ne me sens pas du tout satisfaite ou détendue.

On frappe à la porte.

Est-ce que ce sont les hommes de Jace qui viennent encore me surveiller ?

Je me promène dans l'appartement sombre. Les lumières sont éteintes, mais c'est le matin. Je pourrais ouvrir un rideau pour voir la lumière du soleil, mais je ne le fais pas.

– Une seconde, je murmure à la personne de l'autre côté de la porte.

Je traverse l'appartement, trébuchant sur mes propres pieds mais me rattrapant juste avant de heurter la porte en bois.

Je jure dans mon souffle et je fais sauter le verrou, ouvrant la porte.

C'est la dernière personne au monde que je veux voir.

Luka Caruso.

Je force la porte à se fermer, mais il enfonce sa botte en acier à l'intérieur, gardant la porte entrouverte. Il me pousse en arrière, me faisant tomber au sol.

Je me relève, prête à courir vers la chambre, à claquer la porte et à ramper par l'issue de secours.

Mais il a d'autres idées, et elles ne concernent pas ma fuite.

Luka m'attrape par les cheveux et me tire gentiment vers son visage.

– Où est le bébé ?

Il me reluque et me traîne dans l'appartement, pièce par pièce.

– Elle n'est pas là, je dis.

Il n'a pas compris depuis le temps ?

Astrid n'a jamais été à moi.

Je n'ai pas l'intention de dire quoi que ce soit à Luka. Je méprise peut-être ce que Jace a fait, mais il y a une noirceur qui grandit au fond de moi envers Luka.

De la haine.

Elle brûle comme une fournaise par une profonde nuit d'hiver.

Brûlante.

– Don Barone est un monstre, garder son enfant loin de sa mère. Je suppose qu'il en a eu fini avec toi après la naissance du bébé, dit Luka.

Son haleine pue l'oignon et le café éventé.

La puanteur me retourne l'estomac.

– Lâche-moi !

Je fais levier pour m'éloigner, mais ses doigts sont toujours pris dans mes longues mèches, et il ne me lâche pas.

– Je t'ai fait une offre, dit Luka. Tu peux toujours l'accepter. Je vais même faire monter les enchères. Cinq cent mille, et tu as ta petite fille. Tout ce que tu as à faire, c'est la prendre et quitter le pays. Partez loin de Don Barone, là où il ne pourra jamais vous atteindre.

– Tu voudras quelque chose en retour.

Il ne m'offre pas un salaire en liquide sans conditions. Je ne serai pas sa marionnette.

– Je veux que Jace paie pour ce qu'il a fait.

———

On frappe fermement à la porte.

Luka est parti. Il a disparu après m'avoir malmené, me laissant avec une lèvre en sang. J'allume la lampe de chevet et m'approche avec hésitation de la porte d'entrée.

Je jette un coup d'œil par le judas, cette fois-ci en faisant plus attention à qui je laisse entrer dans mon appartement.

C'est Jace, et il tient Astrid dans une écharpe enroulée autour de sa poitrine.

Je ne veux pas le laisser entrer, mais les hommes de Luka sont-ils dans les environs ? Ce serait pire s'ils blessaient Astrid. Je ne pourrais jamais vivre avec moi-même si quelque chose arrivait à cette petite fille.

– Qu'est-ce que tu veux, Jace ? Je demande.

– Laisse-moi entrer.

Je traîne les pieds et cède, déverrouillant la porte. Il ne m'a jamais fait de mal. Du moins pas physiquement. Je déverrouille la serrure et fais un pas en arrière.

– C'est ouvert.

Je me tourne et me dirige vers la cuisine pour qu'il ne puisse pas voir ma lèvre ensanglantée. Je l'ai nettoyée, mais elle est gonflée et meurtrie.

Je prends un verre dans l'armoire et ouvre le robinet, pour boire quelque chose - une distraction.

Il ferme la porte et sécurise le verrou. Je l'entends s'enclencher. Je m'arrête dans la cuisine, toujours dos à lui.

– Comment vas-tu ? Jace demande comme si c'était la question la plus ordinaire et que nous étions au travail.

Son comportement est amical, chaleureux, et pas le moins du monde professionnel. Il est décontracté, comme si nous étions de vieux amis et qu'il passait juste me voir.

– Je vais bien.

Je sirote l'eau en me tenant au-dessus de l'évier.

Jace entre dans la cuisine. Il est calme, méthodique. Il ouvre le frigo.

– Sers-toi, je marmonne.

– Quoi ? Il est vide.

– Il y a quelques trucs là-dedans, je bafouille.

Il n'est pas vraiment vide. Je ne me suis pas affamé pendant la semaine qui a suivi mon départ, mais ce n'est pas comme si j'avais beaucoup mangé non plus. Il y avait quelques aliments que Matteo a dû mettre dans le congélateur, que j'ai décongelés et cuisinés pour le dîner.

– Un repas par jour n'est pas suffisant, Olivia.

Je tourne sur mes talons pour lui faire face.

– Pourquoi ça t'intéresse ? Je lui demande.

Je veux le fixer, crier, et lui rappeler que c'est lui le méchant. Pas moi.

Mais un seul regard à Astrid enroulée contre sa poitrine, et mon cœur se brise. Ma lèvre inférieure tremble et mes yeux brûlent de larmes.

Je me précipite devant lui, me dirigeant vers la salle de bain pour courir et me cacher.

Jace m'attrape par le bras, m'empêchant de fuir.

– Qu'est-il arrivé à ta lèvre ?

– Je me suis cognée à la porte.

Il ne croit pas à mon excuse.

– Non, si tu avais eu ça hier quand Ryder est passé, il me l'aurait dit. Que s'est-il passé ? Jace n'est pas le moins du monde calme ou posé. Sa colère remonte à la surface.

– Ça ne te concerne pas, je dis. Je ne suis plus ton problème.

– C'est ce que tu penses être pour moi, un problème ? Jace se moque.

Il lâche mon bras, mais je ne m'enfuis pas.

A quoi bon ? Il ne va pas me faire de mal. Pas comme Luka l'aurait fait quand il s'est pointé, ce qui laisse encore une pierre au creux de mon estomac. Une lourde douleur qui me tourmente.

Luka m'a demandé de prendre Astrid et de quitter le pays.

Ce n'était pas une suggestion.

Mais je ne peux pas dire à Jace ce qui s'est passé, pas à l'appartement. Et si l'endroit est sur écoute comme la dernière fois ?

– Je veux que tu me ramènes à la maison, je dis.

Il fronce les sourcils, confus.

– Ok. Retour à l'enceinte ?

Il ne résiste pas le moins du monde.

– Oui, je dis.

Je lui dirai tout quand nous serons à l'intérieur, là où je sais que c'est sûr.

Il attrape ma main et me tire vers lui. Astrid est nichée entre nous, blottie contre sa poitrine. Ses lèvres capturent les miennes dans un baiser brûlant.

– Je t'aime, murmure-t-il en se retirant et en me regardant dans les yeux.

Mon cœur bat la chamade dans ma poitrine. Je ne vais pas retourner au camp pour être avec lui. Je vais y retourner pour le protéger lui et Astrid.

Et je vais lui dire, mais pas ici, pas là où Luka pourrait nous écouter ou nous observer. Je dois faire attention.

Son pouce effleure la blessure de mes lèvres. Ses yeux scintillent de quelque chose d'inhabituel que je n'ai jamais vu auparavant.

Est-ce de la rage ?

– Prenons tes affaires, et tu viendras à la maison avec moi, dit Jace.

———

Le trajet en voiture jusqu'à l'enceinte est marqué par le silence.

Astrid est attachée sur la banquette arrière et dort profondément dans son siège.

Honnêtement, je ne sais pas quoi dire. Même si je doute que Luka écoute aux portes dans la voiture, je n'ai pas la force de tout dire à Jace, comme je pensais le faire.

Le silence est plus facile. Je ne peux pas le décevoir si je ne parle pas.

Je fixe la fenêtre du passager, et mes yeux se ferment paresseusement après quelques minutes. Je suis fatiguée. La journée est morne, ce qui correspond à mon humeur.

Jace caresse doucement ma joue de ses doigts chauds.

– Hey, marmotte. On est arrivé.

– Merci, je marmonne et ouvre les yeux pour me réveiller davantage.

Je détache ma ceinture de sécurité et grimpe hors de la voiture.

Jace attrape le siège auto et amène Astrid à l'intérieur avec nous. Elle dort encore à poings fermés. J'entre dans le foyer, l'enceinte est bien trop familière. J'ai passé des semaines sous le toit, la plupart du temps dans ma chambre, pendant ma grossesse. Non pas que ce n'était pas une belle chambre, meublée et assez confortable. Mais je ne pensais pas revenir ici un jour. Et encore moins demander à Jace de m'amener ici.

– Home sweet home ? demande-t-il avec un sourire chaleureux.

Il pose la coque du siège auto et enlève son manteau et ses chaussures.

Je dézippe ma veste. Je n'ai pas l'intention de rester longtemps, mais j'ai besoin de quelques minutes de son temps et de la force de ne pas faiblir.

Il jette ses clés de voiture à Vincent.

– Prends le sac d'Olivia dans le coffre, tu veux ?

Vincent se précipite dehors dans le froid sans manteau ni gants.

– On peut parler ? Je demande.

Jace acquiesce, et ses yeux se plissent avec un soupçon de sourire. Comme s'il pensait savoir sur quoi porte cette conversation.

Sauf qu'il ne le sait pas. Il ne pouvait pas savoir que Luka était venu et avait menacé ma famille.

C'est ma famille, même si on n'est pas ensemble. Je suis toujours lié à Jace et Astrid. Ils auront toujours une place dans mon cœur.

– Bien sûr, et si nous montions à l'étage dans la chambre d'enfant ? On peut poser Astrid et parler.

Il porte le siège auto avec Astrid endormie à l'intérieur dans les escaliers. Je ne fais que quelques pas derrière lui.

J'aurais dû lui dire la vérité dans la voiture. Attendre ne fera qu'empirer les choses. C'est comme un pansement qu'il faut arracher rapidement pour que ce soit indolore.

Il me conduit dans le hall jusqu'à sa chambre. Il ouvre la porte et me laisse entrer. Son odeur est écrasante, elle imprègne chaque centimètre de sa chambre. Dans le coin, à côté du lit, il y a un berceau pour Astrid.

– La chambre d'enfant est juste derrière cette porte, dit-il en me faisant traverser la pièce adjacente et entrer dans la chambre d'Astrid.

À l'intérieur, il y a un berceau, une table à langer et un fauteuil à bascule près de la fenêtre. J'ai vu la chambre d'enfant plusieurs fois, mais seulement lorsque j'étais enceinte. Je n'étais jamais passée par la chambre de Jace pour y entrer, non plus.

Il pose le siège auto sur le sol et se penche pour détacher Astrid du siège.

Elle remue lorsqu'il la guide hors du siège et autour de la boucle. Ses joues rougissent, et j'attends le gémissement soudain d'un nourrisson qui pleure.

Je ne me trompe pas. Astrid a un ensemble de poumons sur elle qui peut probablement être entendu dans tout le complexe.

Cette fille peut pleurer et réveiller les morts.

Jace gémit et la soulève contre sa poitrine, la faisant rebondir dans ses bras, essayant de la calmer.

– Chut, dit-il, essayant de calmer Astrid. Tout va bien. Je suis là pour toi.

Ses joues sont rouges alors qu'elle crie son mécontentement.

Je regarde de l'autre côté de la pièce. Ce n'est pas à moi d'intervenir. Astrid est sa fille. Elle n'est plus à moi.

– Merde, je maudis, en réalisant que je perds du lait maternel à travers mon t-shirt. Ça te dérange si je...

– Tu veux la nourrir ? Jace demande, ses yeux sont grands, remplis d'espoir.

Je demandais si je pouvais emprunter un t-shirt, mais il me tend pratiquement Astrid. Ses bras sont tendus pour que je prenne le bébé en pleurs.

Je berce Astrid dans mes bras, je la porte jusqu'à la chaise à bascule et je m'assois. Mon t-shirt est trempé, alors je l'enlève et le jette sur le sol. Ce n'est pas comme si Jace ne m'avait jamais vue donner le sein. Astrid continue de gémir à tue-tête jusqu'à ce que j'arrive enfin à la mettre en place et à lui faire prendre le sein.

Comment dire à Jace que je ne suis pas de retour pour de bon ? Que j'ai seulement suggéré de venir ici parce que j'avais besoin de le prévenir pour Luka ?

En regardant Astrid, je n'ai pas envie de partir. C'est exactement là où je devrais être, avec elle.

Mais qu'en est-il de Jace ?

CHAPITRE TRENTE-QUATRE

Jace

J'ai fait des erreurs. Je ne suis pas un homme innocent, mais je ne ferais jamais sciemment du mal à Astrid ou Olivia.

Je vais donner à Olivia tout le temps dont elle a besoin pour réaliser que je veux ce qu'il y a de mieux pour elle. Elle est de retour dans ma vie, dans la communauté, mais elle est légèrement renfermée. J'ai pensé que c'était probablement dû à ses hormones. Elle a accouché il y a quelques semaines et laisser Astrid n'a pas dû être facile.

Je savais qu'elles étaient liées, et j'aurais dû être plus catégorique pour qu'Olivia reste au campement, ou au moins qu'elle soit une partie essentielle de la vie d'Astrid.

J'apporte à Olivia un t-shirt sec, l'un des miens, qu'elle pourra porter lorsqu'elle aura fini de nourrir Astrid et de la coucher dans son berceau pour la sieste.

– Merci, dit-elle en l'enfilant sur sa tête.

– Tu voulais parler ?

Elle se mordille la lèvre inférieure et évite le contact visuel.

– Oui, murmure-t-elle.

Je tends la main, mon pouce effleure l'entaille sur ses lèvres.

– Que s'est-il passé ? Je veux la vérité.

– Luka, murmure-t-elle en fixant le sol.

– Il s'est montré à l'appartement ? Je demande. (Je vais devoir parler à Ryder. Il n'a jamais mentionné que Luka était passé chez elle.) Quand ?

– Quelques heures avant que tu n'arrives aujourd'hui, chuchote Olivia.

Je ravale la boule qui se forme dans ma gorge. J'ai peur de demander, mais j'ai besoin de la vérité.

– Que voulait-il ?

– Que ne veut-il pas quand il s'agit de faire de ta vie un enfer ? Olivia dit. Il veut te séparer d'Astrid.

Je ne devrais pas être surpris, mais je suis troublé par le fait qu'il soit venu pour transmettre un message à Olivia. Il y a quelque chose de bizarre dans tout ça. Je laisse doucement mon pouce effleurer les dégâts sur sa lèvre.

– Je n'aime pas qu'il t'ait malmenée pour me menacer, dis-je.

– J'aurais dû mieux me protéger, murmure Olivia, son regard fixé sur le mien.

– Non. (Je ne la laisserai pas prendre la responsabilité du monstre qu'est Luka Caruso. Ce n'est en aucun cas ta faute.) Il y aurait dû y avoir un garde posté devant ton appartement.

J'oublie de mentionner les images de surveillance, qui ont dû être trafiquées si Ryder n'a pas été alerté de la visite.

Je veux revérifier les images. J'ai besoin de savoir sans aucun doute que Ryder ne travaille pas pour Luka et n'a pas ignoré l'attaque. Bien que je fasse confiance à mes hommes, je dois toujours faire attention à ne pas être naïf et stupide non plus. J'ai fait enquêter sur

Markus après l'enlèvement d'Olivia. Il était clean, mais Ryder l'est-il ?

– J'ai quelques trucs à faire pendant qu'Astrid fait la sieste, je dis.

– Ça te dérange si je reste ici avec Astrid ?

Elle jette un coup d'œil au berceau comme si elle ne voulait pas se séparer du bébé endormi.

– Bien sûr, si tu es fatiguée, tu peux t'allonger dans ma chambre.

Je lui indique la porte adjacente.

On ne s'est pas arrangés pour dormir ensemble. Sommes-nous ensemble, ou est-ce que je me fais des idées sans raison ?

Je la laisse seule dans la chambre d'enfant avec Astrid et me glisse discrètement dans la pièce attenante, puis dans la porte principale, pour ne pas réveiller ma fille.

Je descends les escaliers jusqu'à mon bureau, voulant voir les images de surveillance par moi-même. Il n'y avait pas de caméras dans son appartement. Je ne voulais pas l'espionner, mais l'extérieur de la porte principale de son appartement n'était en aucun cas hors limites.

C'est mon immeuble. Je possède ce foutu endroit.

J'allume la lumière dans le bureau. La pièce est assez froide, et je m'assois dans le fauteuil en cuir froid. Je ne suis pas venu ici depuis un bon moment. J'ai négligé mes devoirs professionnels pour élever un enfant.

Je finirai par m'y remettre quand les choses se seront calmées. Je devrais envisager d'engager une nounou pour m'aider avec Astrid, mais l'idée qu'un étranger s'occupe de ma petite fille me déchire de l'intérieur.

– Monsieur, dit Matteo en passant la tête dans le bureau. Vous avez une minute ?

– Entre et ferme la porte, tu veux bien ?

Matteo fait ce qu'on lui demande. Il porte plusieurs feuilles de papier, des impressions de quelque chose. Je ne peux pas me concentrer sur les affaires - la mafia ou Barone Industries - pour le moment. Mon attention est entièrement tournée vers Olivia et Astrid.

Ma famille.

J'allume mon ordinateur portable et tape mon mot de passe, attendant que la machine démarre.

– Qu'est-ce que c'est ? Je demande, en voyant la pile de pages qu'il a imprimée.

Ce sont des copies de quelque chose, mais qu'est-ce qu'il a besoin de me montrer ?

– Je suis content que vous soyez assis, dit Matteo.

– Je n'aime pas entendre ça, je grommelle dans mon souffle.

Des parasites crépitent dans la pièce, et je jette un coup d'œil à ma droite.

Sur le dessus du meuble vert foncé se trouve le baby phone. Il est allumé et transmet depuis la chambre d'enfant. Je l'ai laissé brancher et j'ai oublié ce satané appareil. Ce n'est pas comme si j'avais laissé Astrid seule pendant plus de cinq minutes. Même quand elle dort, je l'ai généralement à mes côtés, ou elle se blottit contre ma poitrine.

J'aimerais savoir quoi faire.

La voix d'Olivia porte à travers le moniteur du bébé.

– Je jure que si elle réveille Astrid, je murmure.

Matteo lève une main pour que j'attende.

– Je pense que vous devriez écouter, dit-il en s'approchant du moniteur et en le mettant à fond.

– Tu veux que j'espionne la mère de mon enfant ?

A-t-il perdu la tête ?

Je n'ai peut-être pas beaucoup dormi ces derniers temps, surtout avec Astrid maintenant à la maison, mais Matteo s'est occupé des affaires.

– Est-ce que le travail est trop dur pour toi ? Je demande.

Son regard se crispe, et sa mâchoire est serrée. Il fait claquer les papiers sur mon bureau, me laissant voir ce qui le met dans tous ses états.

– Votre copine-Olivia, peu importe ce qu'elle est, elle se joue de vous.

Je ne le crois pas.

Je regarde les reçus de la banque. Il y a un dépôt sur son compte de cinq cent mille dollars, et ça ne vient pas de moi.

– As-tu tracé le compte qui a déposé les fonds ? Je demande.

Il ne peut pas me donner des morceaux sans avoir déjà une explication en tête.

– Oui, et il va à une société écran. Quand j'ai creusé un peu plus, j'ai pu le relier à Luka Caruso. Monsieur, elle se joue de vous.

Je ne le crois pas.

Je ne peux pas le croire.

– Elle ne ferait pas ça, je dis, en fixant les preuves. C'est pour ça qu'elle voulait qu'on la ramène au camp, pour kidnapper ma fille ?

– Elle le ferait, et elle l'a fait. Elle a aussi réservé deux billets d'avion pour les Maldives.

Il me montre une copie du reçu du vol non remboursable dont le départ est prévu demain.

– Les Maldives ? Il y a des lois sur l'extradition, je dis. Elle ne peut pas simplement voler ma fille et s'enfuir.

– Pas avec les Maldives, et dans les cas de garde parentale, même la plupart des pays qui autorisent l'extradition n'y donnent pas toujours suite.

Bien qu'elle n'ait pas de passeport pour Astrid, il ne serait pas difficile d'en faire fabriquer un faux, surtout par une ordure comme Don Caruso. S'il l'aide à fuir le pays, alors il a probablement les papiers dont elle a besoin pour partir.

La voix d'Olivia passe du baby phone à mon bureau.

Tout ce que je veux c'est te protéger, murmure-t-elle. *Comment puis-je le faire avec deux familles de la mafia qui se battent pour toi ?*

– Je veux que la sécurité autour de l'enceinte soit renforcée. Que chaque soldat et capo soit ramené ici pour s'assurer qu'Olivia ne kidnappe pas ma fille.

Je ne prends pas la peine de regarder les images que je suis venu voir dans mon bureau. Cela n'a pas d'importance. C'est sans importance maintenant que j'ai vu la vérité et entendu assez de choses sur le moniteur pour confirmer mes soupçons.

Je me lève. Ma chaise grince en glissant sur le parquet derrière moi.

– Arme l'alarme et poste deux de mes hommes devant la nurserie. Je veux que deux autres hommes suivent Olivia partout où elle va. Si elle va aux toilettes de l'autre côté du couloir, je veux le savoir.

Je saisis les papiers dans mon poing, les pages se froissent alors que je me précipite hors de mon bureau et monte les escaliers. La dernière chose que je souhaite, c'est de réveiller Astrid, mais j'ai besoin des réponses d'Olivia, et je ne suis pas sûre d'aimer ce qu'elle va dire...

CHAPITRE TRENTE-CINQ

OLIVIA

Astrid est profondément endormie.

Ses petits bras et ses petites jambes donnent des coups de pied de temps en temps pendant son sommeil. Je me tiens au-dessus de son berceau et je regarde ses mouvements. Elle est parfaite.

– Éloigne-toi du berceau, ordonne Jace en franchissant la porte de la chambre.

Markus et Vincent se tiennent à l'entrée de la chambre de Jace. La main de Vincent est sur son holster à sa hanche. Derrière Jace se trouvent Matteo et Ryder.

– Qu'est-ce qui se passe ? Je chuchote, en jetant un coup d'œil des autres hommes vers Jace.

Il tient plusieurs feuilles de papier, des impressions de quelque chose qui l'a ébranlé.

– Est-ce que Luka t'a menacé ? Je demande.

Je n'en doute pas, le truand s'est montré plus tôt dans la journée à mon appartement.

Jace se moque de moi et m'attrape par le bras, me tirant avec force hors de la chambre d'enfant.

– Où est-ce qu'on va ? Je demande, en me dégageant de son emprise.

Il est fort, sa prise est ferme et il m'entraîne dans le couloir.

– Je devrais te mettre dans la prison du sous-sol. (Sa voix ne contient aucun soupçon de pitié ou de gentillesse.) Mais je ne le ferai pas.

Il me traîne jusqu'à son bureau et claque la porte. À travers le verre dépoli, je peux voir des hommes se tenir de l'autre côté.

Mais nous sommes seuls.

Le léger grésillement du baby phone résonne dans la pièce quand Astrid gémit en dormant.

– Je ne sais pas ce que tu crois avoir entendu, dis-je en passant du baby phone à lui.

Ai-je dit quelque chose que je n'aurais pas dû dire à propos des menaces de Luka ? Je ne me souviens même pas de ce que j'ai dit deux minutes plus tôt. Mon cerveau est dans le brouillard. La peur me saisit.

Il jette les pages de documents, les impressions d'un certain type de documentation sur son bureau en chêne.

– Arrête de me mentir, il s'approche, envahissant mon espace personnel. Son regard de pierre me transperce. Depuis combien de temps travaillez-tu avec Luka ? Depuis le début ?

Il savait déjà que Luka m'avait menacé et forcé la main pour obtenir des informations sur la clé USB.

– De quoi parles-tu ? Je demande, ne comprenant pas sa colère à mon égard. Je ne travaille pas pour Luka ou avec lui. C'est un monstre.

– C'est vrai ? Tu ne prends que son argent dans ce cas. Cinq cent mille dollars d'argent, dit Jace.

Il montre les pages sur le bureau, tapant sur la feuille de papier comme preuve.

– Ce n'est pas vrai. Le seul argent que j'ai reçu vient de toi.

– Ne me mens pas. J'ai vu le relevé, les transactions, les traces écrites. Tu as même deux billets d'avion pour les Maldives pour demain soir.

De quoi est-ce qu'il parle ? Luka ne m'a même pas parlé des billets d'avion.

– C'est forcément un coup monté, je dis, en rationalisant ce qu'il a vu. Je n'ai pas pris d'argent à Caruso.

– C'est vrai, il a juste atterri sur ton compte. Tu ne comprends pas, Olivia ? Tu lui appartiens. Prendre de l'argent de la mafia, ça ne vient pas sans obstacles à franchir et sans un millier de conditions à remplir.

Je croise mes bras sur ma poitrine, sur la défensive.

– Je n'ai pas regardé mon compte chèque aujourd'hui. Luka l'a fait pour me piéger. Il veut que je prenne Astrid et que je quitte le pays.

– Donc, tu admets avoir fait des plans et avoir voulu kidnapper ma fille ?

– Quoi ? Bien sûr que non ! Je n'ai pas réservé de billets d'avion, et je ne reconnais certainement pas le paiement. Si l'argent est vraiment sur le compte, alors c'est de sa faute.

Est-ce que tout cela ne serait qu'un malentendu ?

Je fourre ma main dans la poche de mon pantalon pour trouver mon téléphone portable.

Jace fait du surplace et observe tous mes mouvements pendant que je déverrouille mon téléphone, ouvre l'application de ma banque et examine le solde de mon compte courant.

— Il a dû pirater mon compte, dis-je en jetant un coup d'œil à Jace.

Je ne peux pas nier le paiement forfaitaire ou la déduction pour la compagnie aérienne, je n'ai fait ni l'un ni l'autre.

— C'est pratique, grogne Jace. (Il me fixe du regard.) Tu devrais savoir que je ne vais pas te laisser kidnapper ma fille. J'ai sécurisé l'enceinte avec des gardes supplémentaires et des hommes surveilleront chacun de tes mouvements.

Je n'en attendais pas moins d'un chef de la mafia.

— Luka veut nous séparer, s'assurer que tu ne me fais pas confiance. Il veut te secouer, je dis, en essayant de raisonner avec lui. Il veut se venger du fait que tu aies tué son père.

— Et qu'en est-il de toi ? Il penche la tête, son regard ne quittant pas le mien. C'est ça que tu veux, te venger ? Un enfant pour un enfant.

– Je veux récupérer mon fils, mais je sais que ce n'est pas une option. Et contrairement à toi, Jace, je ne suis pas un monstre. Je ne ferais pas de mal à Astrid.

Je devrais blâmer Jace. Après tout, il est le responsable de la destruction de ma vie et du meurtre de ma famille. Austin et John sont morts à cause de l'incendie qu'il a ordonné. Mais mon mariage avec John n'était pas parfait. Il n'était pas du tout près de l'idéal. J'aimais Austin, cependant, plus que ma propre vie.

– Je ne voulais pas blesser ta famille, dit Jace. Ils ont été une victime de la guerre.

Facile à dire pour lui.

– Une guerre à laquelle ma famille n'aurait jamais dû prendre part, je lui rappelle. Comment peux-tu promettre de garder Astrid en sécurité alors que tu te bats encore avec Don Caruso ? Il n'arrêtera jamais de te pourchasser.

Ce n'est pas que je veuille arracher Astrid à son père. C'est que je veux la garder en sécurité. Fuir dans un pays étranger, partir à l'autre bout du monde, où je serai isolée des quelques personnes que je connais, ce n'est pas ce que je veux. Mais je ferai tout ce qui est nécessaire pour la garder en vie.

Et si Luka continue à nous menacer, quel autre choix avons-nous ?

– Tu as raison. Je dois mettre fin à son règne, dit Jace.

– Comment penses-tu faire ça ? Je demande.

Il me frôle, ignorant ma question. Jace ouvre la porte du bureau, quatre de ses hommes se tiennent à l'entrée du bureau, attendant ses ordres.

– Markus et Vincent, je veux que vous gardiez Olivia. Matteo, fais descendre les Capos dans la salle de guerre et prépare les soldats. Nous partons à la guerre.

– Quoi ? Je crie.

Est-ce que je l'ai bien entendu ?

– Jace, non. C'est ce qu'il veut. Il devait se douter que vous alliez enquêter sur mes comptes. Sinon, pourquoi acheter des billets d'avion ?

– Emmenez-la en haut, Jace ordonne à un de ses hommes. Et prenez son téléphone. Je ne veux pas de détails ou de fuites.

Markus m'attrape le bras et me tire loin de Jace, me ramenant dans la cage d'escalier. Il prend mon téléphone portable et le met dans sa poche.

Jace et plusieurs de ses hommes s'entassent dans une autre pièce au bout du couloir, claquant la porte derrière eux.

Je frissonne et j'arrache mon bras de la prise de Markus.

– Tu n'as pas besoin de me malmener. Je peux monter les escaliers toute seule.

Il me conduit dans la chambre de Jace.

– Nous serons devant ta porte, dit Markus, me prévenant que si j'essaie de partir, je n'irai pas loin.

– D'accord.

Où est-ce que j'irais ? Des hommes comme Jace et Luka ont des ressources infinies pour me retrouver.

Au moins, il n'y a pas de garde qui me bloque le passage dans la chambre de la petite. Je vais voir Astrid. Heureusement, elle dort encore profondément. J'éteins le baby phone, le débranche et ouvre la porte, le jetant dans le couloir avec un bruit sourd.

Je ferme la porte avant que Markus ou Vincent ne puissent objecter.

Astrid s'agite dans son berceau, les yeux fermés, ses pieds donnant des coups de pied de temps en temps dans son sommeil. Je la regarde, en prenant soin de ne pas faire de bruit pendant qu'elle dort, inconsciente des dangers qui l'entourent.

Je ne l'enlèverai pas à son père. Je ne suis pas le monstre. De plus, il n'y a aucun endroit où je pourrais aller où Jace ne pourrait pas me traquer et me trouver. Il a été clair à ce sujet, en enquêtant sur mes finances.

Je devrais être en colère contre lui pour avoir trahi ma confiance. Mais je ne le suis pas. Mon estomac se tend et bouillonne d'anxiété. Je me retire discrètement du berceau et grimpe dans le lit de Jace.

Son odeur est partout dans les draps, le lit et même la pièce. Je ferme les yeux et pose ma tête sur l'oreiller. J'ai l'habitude de me cacher de moi-même, de ma douleur et du monde qui m'entoure.

Au moment où je commence à m'endormir, Astrid se réveille. Ses cris sont aigus, et je doute qu'elle se rendorme de sitôt.

Je sors du lit en traînant les pieds, je vais dans la chambre d'enfant et je prends Astrid dans mes bras. Je l'amène à la table à langer pour changer sa couche, ce qui semble faire l'affaire.

Ses yeux bleus brillent de larmes et ses joues sont rougies par les pleurs. Je dépose un baiser rapide sur son nez.

– Je sais, chérie. Je suis inquiète pour lui aussi.

Peut-être que je devrais être en colère contre Jace, le détester pour ce qu'il a fait, détruire ma famille. Mais je ne le déteste pas.

J'ai de la peine pour Jace. Vivre dans l'ombre en tant que Don avec les projecteurs sur lui en tant que milliardaire. Ce n'est pas une vie facile d'avoir des ennemis à chaque tournant, de devoir toujours surveiller ses arrières.

Il y a un étrange sentiment de réconfort à savoir que si les tragédies n'avaient pas eu lieu, Astrid ne serait pas ici dans mes bras. Ces moments m'ont conduit ici, avec elle.

Astrid gazouille et roucoule en tendant la main vers mon doigt. Elle est parfaite. Tout en elle, sauf son père qui dirige la mafia.

CHAPITRE TRENTE-SIX

Jace

– Ils vont nous attendre, dis-je à Matteo alors que nous étudions les plans du complexe Caruso.

– Oui, mais ma source me dit qu'ils ont un combat de chiens prévu à minuit, hors du site. Luka ne devrait pas y assister. Son second et une douzaine de ses hommes prendront les paris et surveilleront la foule. Ça devrait nous donner l'avantage si on attend que ses hommes quittent l'enceinte.

J'espère qu'il a raison. Je n'ai jamais connu Luka pour être dans les combats de chiens, mais tout ce qui implique un jour de paie glorieux et des activités illégales, l'intéresse pour investir.

– Je ne veux pas laisser notre complexe faible. Nous avons toujours ma fille à l'étage, je le rappelle à Matteo et aux capos. Nous devons nous assurer que cet endroit est une forteresse avant de lancer une attaque.

– On pourrait mettre votre famille dans une des cellules de la prison. Les murs sont impénétrables, et si vous avez la clé, personne d'autre ne pourrait y accéder, dit Ryder.

C'est l'un des plus jeunes capos qui a gravi les échelons en peu de temps. C'est aussi un idiot s'il pense que je vais mettre ma fille nouveau-née dans une cage métallique.

– Je devrais te tirer dessus pour cette suggestion, dis-je en regardant Ryder.

Emprisonner ma famille n'est pas une option pour les garder en sécurité. Être enfermé à l'intérieur du complexe devrait les protéger.

– Mes excuses, Don Barone, dit Ryder, prompt à s'excuser pour son commentaire effronté et stupide.

J'ignore son empressement. Il est jeune. Idiot. Et il cherche probablement à faire avancer sa carrière. S'il ne fait pas attention, il finira mort ce soir.

Matteo s'éclaircit la gorge.

– Vous avez deux des gardes les plus expérimentés qui veillent sur votre fille, monsieur. Je vous assure que même si nos soldats attaquent, la maison sera impénétrable.

– Tu es prêt à risquer votre vie sur cette promesse ? Je demande, en rencontrant le regard de Matteo.

Je fais confiance à cet homme, mais si ma famille finit par mourir, quelqu'un devra payer. Je veux être sûr que, lorsque je partirai pour ordonner le meurtre de Luka, ma famille restera en sécurité et hors de danger.

Ses yeux clignotent avant qu'il ne parle.

Même Matteo réalise que ce n'est pas une promesse qu'il peut garantir.

– C'est ce que je pensais. Je veux que les gardes soient doublés à l'étage, devant la crèche. Quatre hommes pour s'assurer que ma fille est en sécurité.

– Et qu'en est-il de votre Olivia ? Matteo demande.

– Elle est sous ma protection tant qu'elle respecte les règles. A la minute où elle met Astrid en danger, tuez-la.

Je ne plaisante pas.

Est-ce que je me soucie d'Olivia ?

Beaucoup, mais je ne vais pas risquer la vie de ma fille pour une femme qui pourrait me trahir. Elle ne m'a pas prouvé sans l'ombre d'un doute qu'elle était digne de confiance. C'est pourquoi j'ai fait retirer son téléphone de sa possession. Je ne crois pas qu'elle ne contactera pas Luka pour le prévenir de notre arrivée.

– Oui, monsieur.

Matteo ne discute pas parce qu'il sait que j'ai raison.

————

Je ne dis pas au revoir. Pas à Astrid, et certainement pas à Olivia.

Dire au revoir signifie que je pourrais ne pas revenir.

Ce n'est pas une option parce que ma fille a besoin de moi. Je suis son père.

Nous entourons la propriété de Caruso du mieux que nous pouvons. C'est sur l'eau, ce qui signifie que nous devons nous assurer qu'il ne peut pas fuir sur son bateau.

Matteo se dirige vers l'arrière avec six soldats. Ils ont l'ordre de mettre le feu au bateau, mais pas avant d'avoir franchi les murs et d'être entrés dans le complexe.

Nous ne voulons pas l'alerter de notre arrivée.

Il y a des dizaines de gardes tout autour de la propriété.

On en a amené plus. Pour autant que je puisse dire, ils sont dépassés et nous sommes en surnombre, et nous avons l'élément de surprise.

Mais ils connaissent la disposition de l'installation. Nos plans sont des originaux de la construction du bâtiment. On ne peut pas dire avec certitude si les changements qui ont été faits sont pris en compte ou s'il y a une pièce sécurisée.

Luka ne semble pas être le genre d'homme à se recroqueviller et à se cacher dans une fusillade. Mais certains hommes ont peur de la mort quand elle s'approche.

Pas moi.

J'ai vu la mort.

Je l'ai combattue et j'ai gagné. Aurai-je encore cette chance ce soir ?

Je regarde ma montre. Il est minuit moins deux. Mes hommes sont en position. Un nombre important de gardes ont déjà abandonné leur poste pour le combat de chiens, mais il y a encore huit hommes que je compte à l'extérieur des murs, qui surveillent le périmètre.

Nous devons nous déplacer silencieusement. S'ils nous repèrent ou entendent nos armes, Luka s'enfuira. Si ce n'est pas dans son bateau, alors dans un de ses véhicules.

J'ai des hommes qui sécurisent le périmètre, posent des explosifs autour des sorties multiples, reliés par un détonateur.

Mes soldats se sont entraînés pour cette bataille. Nous avons attendu que ce jour arrive, pour éliminer Don Caruso.

Mon oreillette est sécurisée.

– Monsieur, il y a du mouvement dans le couloir arrière, dit Matteo au groupe.

Est-ce que Luka est sur nous ? A-t-il eu vent de notre arrivée ?

– Quel genre de mouvement ? Je demande, en prenant soin de garder ma voix basse et de ne pas aller trop loin.

Deux gardes arpentent le périmètre extérieur. Ils ont des armes semi-automatiques à la main, mais leurs doigts ne sont pas sur la gâchette. Ils ne semblent pas nous avoir détectés. Ou s'ils l'ont fait, ils font semblant de ne pas être au courant de notre arrivée.

Ça ne m'étonnerait pas que Luka ait fui sans prévenir ses hommes.

C'est un lâche.

– C'est Don Caruso ? Je demande.

– Non confirmé, dit Matteo.

Il y a un temps avant qu'il ne réponde. Je suppose qu'il regarde à travers des lunettes de vision nocturne, attendant le bon moment pour apercevoir l'homme à l'entrée arrière.

– Négatif. C'est un garde qui sort pour une pause cigarette, dit Matteo.

Ça ne peut pas être si facile de tuer l'homme dans son jardin.

– L'alarme a été désactivée, dit Bryce dans l'oreillette.

C'est notre signal qu'il est temps de bouger à mon commandement.

Si je n'avais pas été sur les lieux, Matteo aurait donné les ordres. Mais je dois mener à bien cette mission et être sûr que Don Caruso est mort.

Je donne l'ordre, et les soldats se lancent en avant, se déplaçant tranquillement le long du périmètre, éliminant les gardes à l'extérieur, protégeant le complexe.

Nous pénétrons dans l'entrée. Ce n'est pas difficile avec leur nombre réduit, le combat commence à l'autre bout de la ville dans un vieil entrepôt appartenant à Caruso. Mon téléphone est en mode silencieux, mais mes hommes savent qu'ils doivent me joindre s'il y a une activité ou un mouvement suspect dans notre enceinte.

Heureusement, tout est silencieux.

Mais le silence ne peut pas durer longtemps. Nous nous faufilons par la porte d'entrée, sans être invités. De l'autre côté du bâtiment, une fusillade éclate, faisant passer notre mission de silencieuse à mortelle.

Pas seulement mortelle pour les hommes de Caruso, mais aussi pour nous.

Je demande à la moitié des soldats avec moi de se diriger vers la fusillade et de protéger nos hommes. L'autre moitié suit et nous balayons le premier étage, pièce par pièce, en éliminant tous ceux qui se trouvent sur notre chemin avec une arme.

Il y a des victimes de la guerre. Luka n'a pas de famille, pas de femme ou d'enfants que je crains de mettre en danger.

Mais ça ne veut pas dire qu'il n'y a pas d'innocents forcés par sa main sous ce toit. Il s'implique dans de nombreuses entreprises illicites et illégales, si l'une d'elles implique des femmes ou des enfants, je ne sais pas.

Je ne peux pas laisser la pensée rationnelle dicter mes ordres.

Luka est un monstre qui doit être arrêté.

– Par ici, j'ordonne à mes soldats de me suivre dans les escaliers.

Il n'y a aucun signe de Don Caruso au premier étage.

Nous le trouverons, et il sera forcé de payer pour ses péchés quand nous le ferons. Sa mort sera rapide, et même si ça me ferait plaisir de torturer le bâtard qui a tourmenté ma famille, je veux surtout qu'il meure.

Plusieurs gardes sont en haut du palier, ils nous attendent.

Nous tirons pour tuer. Visant d'un homme à l'autre. Les gardes ne portent aucun type de Kevlar, et ils n'ont pas d'armes semi-automatiques lorsque nous attaquons. Ça rend le tir plus facile.

Ils ne s'attendaient pas à nous voir.

Bien.

Avant de pénétrer au deuxième étage, je recharge mon arme, balayant pièce par pièce à la recherche de gardes ou de toute personne armée. Bien que notre but soit d'éliminer Don Caruso, quiconque se tient sur notre chemin est une menace.

Les pièces du deuxième étage sont vides alors que nous vérifions les placards, sous le lit, les salles de bains, et derrière le rideau de douche, partout où un lâche comme Caruso pourrait se cacher.

On passe à la pièce suivante.

Quand nous atteignons la dernière porte près de la deuxième série d'escaliers qui descendent, j'ouvre la voie à l'intérieur.

Un bidon de gaz lacrymogène est jeté sur nous, remplissant la pièce et s'infiltrant dans le couloir avec la porte laissée entrouverte.

Des coups de feu éclatent de toutes les directions. Je ne peux pas voir les hommes, mais les éclairs de leurs museaux et le bruit des coups de feu me donnent la direction générale.

La fumée n'est que cela, comme un brouillard qui flotte sur la pièce. C'est un peu inconfortable, mais gérable. Mes hommes et moi avons développé une tolérance à l'exposition répétée en entraînant mes soldats.

Deux murs sont couverts, le troisième est vide.

Nous nous déplaçons rapidement le long du troisième mur, tirant sur les cibles visées à travers une couverture de fumée qui nous sert de couverture alors que nous nous rapprochons de Don Caruso. Il doit être ici, caché avec ses gardes, probablement recroquevillé dans un coin.

Deux de mes hommes prennent une balle, une à la poitrine, l'autre à l'épaule.

C'est dangereux, plus on se rapproche, mais ça ne m'arrête ni ne me ralentit. Il n'y a pas de pensée, juste de l'action.

Plusieurs balles me tombent dessus. Une m'érafle la jambe. C'est un tir horrible s'ils ont l'intention de me tuer.

Je résiste à la douleur et élimine trois gardes. Plus je m'approche, plus je peux voir leurs visages, les masques qui les protègent du gaz.

J'arrache l'un des masques, le forçant à respirer les odieuses fumées et je saisis le canon de son arme, le pointant vers le plafond et frappant le garde au visage avec son arme.

Il tousse et respire bruyamment à cause du panache de fumée, et son nez dégouline de sang à cause du coup porté au visage. Il n'en faut pas plus pour que je le mette à terre avec mes poings, deux coups au visage, et il titube avant que ses genoux ne se dérobent et ne cèdent.

Mes hommes désarment deux autres gardes pendant le combat, et derrière moi, on entend le bruit lointain de pas.

Des renforts.

Ce sont les hommes de Caruso ou les miens ?

– Matteo, parle-moi. Je suis au deuxième étage, escalier de derrière, dernière chambre, dis-je, attendant d'avoir de leurs nouvelles via l'oreillette.

Il y a eu un silence radio pendant un moment. Trop longtemps à mon goût.

Ses hommes ont-ils arrêté Matteo et les soldats à l'entrée arrière ? Il y avait eu une fusillade, mais j'avais envoyé des unités supplémentaires pour aider.

Ce n'était pas suffisant ?

Luka est dans le coin, derrière les deux derniers gardes qui le protègent.

Ils tombent, mais ce n'est pas fini.

Des coups de feu éclatent derrière nous, tuant mes gardes. Caruso nous tire dessus depuis le côté opposé. La fumée n'est plus qu'une fine brume, me permettant de voir les hommes armés qui nous tirent dessus.

Une douzaine de soldats sont armés, leurs fusils pointés sur nous. Les renforts ne sont pas mes hommes.

Des parasites crépitent dans l'oreillette.

Est-ce qu'ils brouillent notre signal, ou ont-ils tué tous mes hommes ?

– Rends-toi et je te laisse vivre, me crie Luka à travers la pièce.

Il fait plusieurs grandes enjambées vers moi.

Je n'ai nulle part où aller. Si je tire sur Luka, je meurs.

Son arme est pointée sur ma tête, la sécurité enlevée, et une douzaine d'autres soldats ont leurs armes pointées sur moi.

Putain.

– Qu'est-ce que ça va être, Jace ? Luka demande.

Je gagne du temps. Avec un peu de chance, ça ne se terminera pas par ma mort.

– Et si on faisait un marché ?

Le rire de Luka est sombre et sinistre.

– Tu penses avoir quelque chose qui vaille la peine d'être négocié ? Il secoue la tête, en me regardant par-dessus. Il n'y a rien que tu puisses m'offrir que je veuille. Tu as assassiné mon père. Je te veux mort.

– On dit dans la rue que tu n'aimais même pas ton vieux père.

– Quoi ? Tu attends un remerciement pour l'avoir tué et m'avoir permis de diriger la ville ? Luka demande. (Il est silencieux pendant une seconde. Un sombre sourire en coin traverse ses traits.) Il y a quelque chose que je veux, et peut-être que je laisserai ta petite fille vivre. Toi, en revanche, je suis prêt à t'enterrer.

– Tu ne toucheras pas à ma fille, fulmine-je, ma lèvre supérieure s'agitant en signe de dégoût.

Luka hausse les épaules.

– Ou quoi, tu me tueras ? Tu seras mort avant de pouvoir le faire, vieil homme. (Il ricane et secoue la tête, tout en gardant le pistolet pointé sur ma tempe.) Mieux encore, j'amène ta copine coincée chez moi, je la baise comme elle le mérite de la part d'un vrai homme, et je lui donne la famille que tu ne peux pas avoir. Celle que tu lui as volée.

Ma bouche devient sèche. Je le fixe dans son regard froid, le défiant de me tuer. De mettre fin à ma souffrance.

Des coups de feu éclatent derrière les soldats.

Des parasites crépitent à nouveau dans l'oreillette.

– Patron, on vous couvre, dit Matteo.

Je n'ai jamais été aussi heureux d'entendre sa voix de toute ma vie.

Les gardes se tournent vers les tirs en approche, protégeant leur chef, le laissant vulnérable face à moi.

C'est Luka contre moi. Mais j'ai l'impression de combattre le monde pour ma survie. Si Luka gagne, ma famille est en danger. Pas seulement ma famille mafieuse, mais aussi Astrid et Olivia.

Je refuse de me rendre sans me battre.

– Tu vas laisser ma famille tranquille ! Je tire le canon de l'arme vers le haut et loin de son emprise.

Son genou s'est écrasé contre mon ainé, me faisant voir des étoiles. L'éraflure de la balle m'a fait mal, mais là c'est plus cruel.

Mon estomac se noue, mais je continue à me battre, à avaler la douleur et à garder la tête haute. Je lui envoie mon poing dans la figure, le faisant tomber en arrière.

Don Caruso trébuche mais se reprend. Il ne va pas tomber aussi facilement, mais il a laissé tomber l'arme, qui a glissé sur le sol. C'est un combattant entraîné. Ça vient avec le territoire de la mafia.

– Je vais faire de ta pute ma femme, menace Luka, en baissant la tête et en fonçant sur ma poitrine, me projetant en arrière contre le mur.

J'attrape Luka par les cheveux, l'arrache de mon corps avant de lui donner un coup de genou dans l'aine et un coup de pied dans l'estomac alors qu'il est plié en deux. Il s'écroule sur le sol, cherchant à attraper le pistolet abandonné sur le sol.

Merde.

Je plonge vers l'arme, mais c'est trop tard.

Il est plus rapide, tourne sur lui-même sur le sol, et pointe le canon vers moi, le doigt sur la gâchette.

Bang !

La douleur me transperce avant que je ne m'écroule sur le sol.

L'obscurité.

CHAPITRE TRENTE-SEPT

OLIVIA

Astrid s'est endormie dans son couffin à côté du lit.

Il y a de l'agitation derrière la porte et des voix en bas. Ce ne sont pas seulement des bavardages entre les hommes qui me surveillent.

Que se passe-t-il ?

Je suis silencieux, mes pas sont silencieux alors que je me dirige vers la porte. J'ai besoin de savoir si nous sommes en danger. Astrid est-elle en sécurité ?

Et pour Jace et ses hommes ?

À la minute où j'ouvre la porte, Markus croise ses bras sur sa poitrine et me regarde fixement.

– Retourne te coucher.

Il est bien plus de deux heures du matin, mais je m'en fiche. Je ne peux pas dormir.

– Qu'est-ce qui se passe ? Je demande.

C'est difficile de dormir avec le vacarme en bas, sans parler du fait que Jace est en mission pour arrêter Don Caruso.

Quand n'est-il pas en mission pour tuer cette crapule ?

– Jace est de retour ?

Markus jette un regard de moi à Vincent. Ces deux-là ont été assez proches ces derniers temps, protégeant mon cul à chaque tournant.

– Qu'est-ce que tu ne me dis pas ? Je peux sentir la lourdeur de leur silence, et ça me retourne l'estomac.

– Jace est en bas, mais on lui a tiré dessus, dit Markus.

Au moins, il a l'intégrité de me dire la vérité.

– Qu'est-ce que tu veux dire, Jace s'est fait tirer dessus ? Pourquoi n'est-il pas à l'hôpital ?

– Ce n'est pas une option, dit Vincent en se raclant la gorge. Retourne dans ta chambre.

– Non, je dis avec défi et croise mes bras sur ma poitrine. Je veux voir Jace.

– À moins que tu ne saches comment faire de la chirurgie pour retirer une balle et recoudre un homme, retourne dans ta chambre, m'ordonne Vincent en aboyant.

Je n'ai jamais aimé Vincent. Markus, au moins, est assez agréable à côtoyer. Mon regard se crispe, et je me mordille la lèvre inférieure. Je n'ai aucune chance de me faufiler parmi les gardes avec Markus et Vincent à côté de la porte, et deux autres hommes sont devant la porte de la nurserie.

– Retourne dans ta chambre et va te coucher, dit Markus.

– Mais qu'en est-il de Jace ? Je demande.

Comment peuvent-ils s'attendre à ce que je dorme en sachant qu'il est blessé et que sa vie est en jeu ?

Vincent ouvre la porte de la chambre et me pousse à l'intérieur, fermant la porte derrière moi.

– Trou du cul, je marmonne.

Il n'y a pas grand-chose que je puisse faire à part attendre.

Et Luka ? Est-il toujours en vie ? Va-t-il riposte ?

———

J'ai à peine dormi de la nuit, et quand la poignée de la porte de la chambre tourne et que le verrou clique, je me redresse.

– Jace ?

Je pousse un soupir de soulagement quand il trébuche dans la chambre. Les rideaux sont fermés, mais il y a de la lumière qui passe à travers les stores.

En regardant l'horloge, il est presque onze heures du matin. Je me suis endormi assez tard ou tôt ce matin.

Il est pieds nus, sans chemise, la poitrine nue mais bandée sur l'épaule.

Je sors du lit, voulant le voir, le toucher, et savoir que ce n'est pas un rêve.

– Je vais bien, dit-il en serrant les dents.

– Oui, tu as l'air bien.

Il a une sale tête, mais je ne le dis pas. Du moins pas avec autant de mots.

Ses cheveux sont ébouriffés. Il y a une tache de sang sur sa joue. Son pantalon est la seule chose qui lui semble normale. Le noir de son pantalon rend le sang difficile à voir mais il est déchiré.

Le sang sur sa joue, c'est le sien ou celui de quelqu'un d'autre ?

– Que s'est-il passé ? Je demande.

J'ai besoin de savoir si c'est fini. Si Astrid et moi ne sommes plus en danger. Mais est-ce que ça peut vraiment être fini ? Même si Luka est mort, n'y aura-t-il pas un autre serpent pour prendre sa place ?

L'homme avait un certain nombre d'associés. Ce n'est pas un secret qu'il menace la ville.

– Nous sommes entrés et avons attaqué leur complexe, dit Jace.

Ses yeux sont apathiques et il évite mon regard.

Je descends du matelas et me place en face de lui, lui bloquant le passage. Il doit m'en dire plus. Sommes-nous en sécurité ?

– Que s'est-il passé là-dedans ? Je demande. Tes hommes, ils n'ont rien voulu me dire.

Ses mots ne contiennent aucun soupçon d'émotion.

– Bien.

– Bien ? Jace, qu'est-ce qui se passe ? Est-ce que Luka est mort ?

Je n'ai jamais autant voulu que quelqu'un soit tué dans ma vie. Tuer, c'est mal. La mort est définitive. Mais d'une certaine façon, mettre fin à la vie de Luka est le genre de fin dont j'ai besoin.

– Sa tête est en bas si tu veux voir par toi-même.

Je trébuche sur le lit.

Je suis surprise par sa franchise. Il a toujours été effronté, mais là, c'est autre chose.

Plus sombre. Plus brutal. Moins raffiné.

– S'il te plaît, dit moi que ce n'est pas vrai, je dis.

– Mes hommes ont tué le bâtard qui a menacé ma fille et toi.

Jace se dirige vers la salle de bain.

– Où vas-tu ?

– Prendre une douche, grogne-t-il.

Il ne connaît rien aux blessures et à la guérison ?

– Tu ne peux pas avec le bandage. Tu vas devoir garder la plaie sèche et propre. Elle a besoin de temps pour guérir.

– Ne me dis pas ce que je peux ou ne peux pas faire, grogne-t-il.

Je prends une grande inspiration alors qu'il entre en trombe dans la salle de bains et claque la porte - les tableaux sur le mur s'entrechoquent.

Astrid gémit, se réveillant de son sommeil.

CHAPITRE TRENTE-HUIT

Jace

Je me mets sous la douche chaude, le jet dans mon dos, laissant l'eau couler sur mon corps.

Je déteste qu'Olivia ait raison. Je sais comment prendre soin d'une blessure fraîche. Est-ce qu'elle pense que c'est la première fois qu'on me tire dessus ?

Ce n'est pas la première et ce ne sera probablement pas la dernière.

Je penche ma tête en arrière, laissant l'eau s'infiltrer dans mes cheveux. Je suis pressé de prendre une douche, mais j'avais surtout besoin d'être seul.

Olivia envahit chacune de mes pensées. Même lorsque le médecin en bas m'a donné des sédatifs, je rêvais d'elle.

Je me sèche, le bandage est sec à l'exception de l'humidité de l'air qui le rend un peu humide. Heureusement, le médecin a utilisé un pansement imperméable sur la plaie.

Je n'ai pas apporté de vêtements dans la salle de bain. Je n'en ai pas l'habitude lorsque je me douche, mais je n'ai pas non plus l'habitude de partager ma chambre avec quelqu'un.

J'enroule la serviette autour de ma taille et je sors de la salle de bains. La vapeur chaude me suit.

Les médicaments que le médecin m'a donnés ont permis d'atténuer la douleur et probablement certains de mes sens.

Olivia est allongée sur le matelas, les jambes enfouies sous les draps. Elle tient Astrid dans ses bras et la nourrit, lovée contre sa poitrine.

J'essaie de ne pas la dévisager. C'est la première fois qu'Astrid est silencieuse, sauf quand elle dort, ce qui n'est pas souvent le cas. Cette fille a une sacrée paire de poumons. Elle tient probablement ça de sa mère.

Il y a un caleçon dans le tiroir du haut de ma commode. Je traverse la pièce, la serviette serrée autour de ma taille. La balle qui a frôlé ma jambe était superficielle. Je n'ai pas mal, mais cela pourrait aussi être dû aux narcotiques prescrits, qui me donnent l'impression de flotter dans l'air.

Je laisse tomber ma serviette et m'habille.

Olivia me jette un regard. Elle ouvre la bouche mais la referme.

– Qu'est-ce qu'il y a ? Je lui demande.

Elle ne dit rien, mais elle y réfléchit, et je veux savoir ce qu'elle pense.

– Je ne savais pas que tu avais tant de cicatrices, dit-elle en jetant un coup d'œil sur mon dos.

Pas mal de blessures ont laissé une trace, des blessures par balle au fait d'être littéralement poignardé dans le dos.

– Il y a beaucoup de choses que nous ne savons pas l'un sur l'autre.

Je ne veux pas paraître tranchant et abrasif, c'est naturel.

J'enfile mon caleçon et mon pantalon de survêtement et je m'assois au bord du lit. Je saute la chemise.

– Avec Luka mort, tu es en sécurité. Personne ne te fera de mal. Je te promets que tu seras sous ma protection, que tu décides de rester avec nous ou de partir.

Elle reste silencieuse et jette un coup d'œil de moi à Astrid alors que la petite tigresse s'endort.

Je me rapproche, mon bras frôle le sien alors que je m'assieds avec elle sur le lit.

– Mais si tu pars, Astrid reste ici, avec moi.

Je veux qu'il soit clair qu'elle peut partir à tout moment, mais pas avec ma fille.

– Tu veux que je sois ici en tant que mère d'Astrid ? demande-t-elle. Ou est-ce que tu cherches plus avec moi ?

Ses joues rougissent et elle sourit faiblement en fixant les draps.

J'effleure une mèche de cheveux de ses yeux, la poussant derrière son oreille.

Timidement, elle me regarde.

Est-elle gênée de parler de ce que nous avons partagé ?

C'était du sexe. Chaud et amusant, mais il n'y avait rien de plus. Elle avait un besoin hormonal, et j'ai gratté cette démangeaison.

N'est-ce pas ?

– Ce qu'on a partagé, c'était merveilleux, mais c'était juste pour te satisfaire pendant que tu étais enceinte, je dis, en lui rappelant l'accord.

Primitif.

Brûlant.

Un sexe incroyable.

Je n'avais jamais été jaloux avant Olivia. Je n'avais jamais non plus désiré une relation à long terme ou un engagement quelconque.

– Est-ce que ça a changé pour toi ? Je demande, en fixant son regard bleu pâle. Entre le moment où nous étions amis avec des avantages et celui où nous avons eu un enfant, j'ai eu envie de plus. Une compagne. Parce que je veux égoïstement que tu sois là avec moi. Tu connais mes secrets les plus sombres, tu sais que je suis un membre de la mafia. Veux-tu toujours être avec moi ? Je demande, laissant le choix à la jeune femme.

Je ne la forcerais jamais. C'est un choix qu'elle doit faire, si cette vie est celle dont elle veut faire partie avec Astrid et moi.

C'est sombre.

Dangereux.

Et peut conduire à la perte et au chagrin d'amour, mais ça en vaut la peine pour moi.

Je ne lui reprocherais pas de vouloir une vie normale, un nouveau départ tranquille sans aucun rappel de son passé et des dommages que j'ai causés en cours de route.

– Je le veux, mais je ne veux pas être enfermée dans une chambre et forcée de suivre les ordres de tes gardes.

Ne voit-elle pas que je l'ai gardée ici pour la protéger ?

– C'était seulement pour ta protection pendant que nous attaquions la famille Caruso. Tu n'es pas un otage. Tu peux aller et venir comme tu veux. Cependant, j'aimerais garder un service de sécurité sur toi. Mafia ou pas, je suis toujours un milliardaire, et cela implique que des problèmes me suivent partout.

Elle dépose un baiser doux et chaste sur ma joue.

– Tu es sûr que tu n'insistes pas pour avoir un garde qui m'espionne ?

Je ne sais pas si elle plaisante ou si elle est sérieuse.

– Je ne ferais pas ça, je dis.

– Bien, dit-elle en me remettant Astrid. Tu devrais lui faire faire son rot et changer sa couche, papa.

Je la fixe du regard.

– Papa ?

– Quoi ? Tu préfères qu'elle t'appelle papa ou don ? Olivia sourit.

– Papa, c'est bien, mais je ne suis pas ton papa.

Olivia s'ébroue et roule des yeux.

– Tu ferais mieux de ne pas l'être. Je n'ai pas besoin que tu me fasses des leçons ou que tu me mettes au coin pour m'être mal conduite.

Elle me tire la langue en jouant.

C'est à ça que je dois m'attendre, qu'elle apprenne à notre fille comment être une petite chipie ici ?

J'enlève Astrid de son étreinte et je prends le chiffon pour bébé, je le mets sur mon épaule pendant que je fais un rot à la petite. Elle grandit vite. Chaque jour, je tombe encore plus amoureux d'elle. Comment est-ce possible ?

– Merci, je dis.

– Tu ne me remercieras pas longtemps. (Olivia me regarde avec un sourire.) N'oublie pas de changer sa couche, dit-elle en fronçant le nez. Cet enfant sait comment laisser une trace odorante.

– Merci de m'avoir donné Astrid, je précise.

Je ne la remerciais pas de m'avoir confié mon enfant avec une couche sale.

Elle n'avait pas à accepter d'être une mère porteuse.

Bien sûr, le salaire est agréable, mais après tout ce qu'elle a traversé, elle aurait pu s'en aller ou se battre pour la garde et détruire ma vie et ma réputation...

ÉPILOGUE

OLIVIA

Trois Ans Plus Tard

– Regarde, papa ! Astrid couine en courant vers Jace, portant le bâton de grossesse qu'elle a volé dans la salle de bain.

La gamine a un timing impeccable.

Je lui courrais bien après, mais elle est comme un éclair, et elle a déjà fait son annonce. Pas seulement devant Jace, mais devant une demi-douzaine de ses meilleurs hommes.

– Qu'est-ce que nous avons ici ? Jace demande, un sourire aux lèvres, en tendant la main pour qu'Astrid lui tende le bâton.

Je me tiens maladroitement à la porte de son bureau.

Merde.

Ce n'est pas comme ça que j'avais l'intention de lui dire.

Je n'ai même pas vraiment réfléchi à la manière dont j'allais annoncer la nouvelle que j'étais enceinte de notre deuxième enfant.

– Messieurs, pouvez-vous nous laisser un moment ? demande Jace.

Ses hommes quittent la pièce, l'un après l'autre. Une petite partie de moi a envie de se précipiter avec eux, de laisser Jace et Astrid comprendre comment lire le bâton pendant que je vais chercher une glace et faire une sieste.

Il tire Astrid sur ses genoux.

Jace a toujours l'air d'un homme d'affaires avec son costume parfaitement taillé. Il ne semble pas se soucier du fait que la robe d'Astrid a un peu de miel sur le devant. Garder l'enfant propre a été une sacrée tâche.

– Tu l'as dit à Astrid avant moi ? Jace demande.

Il ne semble pas contrarié, juste perplexe que sa fille ait débarqué dans son bureau à l'improviste.

– Non, et je ne voulais certainement pas que tu l'apprennes comme ça devant tous tes hommes, dis-je en m'avançant dans son bureau.

Jace rit et se penche en arrière sur sa chaise.

– Ce ne sont pas tous mes hommes. Mais ce sont mes meilleurs employés et les plus dévoués. A l'exception de la société actuelle.

– Cela fait trois ans que je ne travaille plus pour toi, dis-je en lui rappelant que j'ai choisi la famille plutôt que le travail.

S'occuper d'Astrid est un travail à plein temps, tout comme assurer sa sécurité. Je ne pouvais pas faire confiance à une nounou s'occuper de notre fille. Pas quand Jace vaut des milliards. Il y a trop de gens qui profiteraient de lui, ou qui pourraient faire du mal à notre petite fille.

De plus, pendant mon temps libre, j'ai l'occasion de peindre. J'ai eu la chance de vendre une poignée de toiles. Non pas que nous ayons besoin d'argent, mais ça fait du bien d'accomplir un de mes rêves.

– Alors, c'est officiel ? demande-t-il en désignant le bâton de grossesse. Combien en as-tu fait ?

Il pense vraiment que c'est un faux positif ? Ce n'est pas comme si nous avions été prudents ces derniers temps. Maintenant qu'on est mariés, on ne s'est pas inquiétés de se protéger. Et il a fait savoir qu'il voulait un fils.

Comme si j'avais le choix en ce qui concerne le sexe du bébé.

– J'en ai pris assez pour savoir que soit leur contrôle qualité est merdique, soit je vais avoir un bébé.

– Yay ! Les yeux d'Astrid s'écarquillent, et elle applaudit avec enthousiasme. Je vais être une grande sœur ou un grand frère !

Jace glousse et lui donne plusieurs baisers sur la joue.

– Tu seras une grande sœur, dit-il. Nous ne saurons pas si le bébé est un garçon ou une fille avant plusieurs mois.

– Oh. Les sourcils d'Astrid se froncent, confuse. Elle saute des genoux de Jace et se précipite vers la porte. Je peux avoir des cookies ?

– Un, je dis.

La maison est sûre, sûre pour une petite fille qui peut courir partout sans se soucier d'un quelconque danger. Elle se glisse hors du bureau et se précipite dans le couloir, tandis que ses pas feutrés se dirigent vers la cuisine.

Jace me tend les bras, et je tombe gracieusement sur ses genoux, mes bras autour de son cou.

– Es-tu prêt pour un deuxième enfant ? Je lui demande.

– Tu l'es ? Il se penche plus près, son souffle taquine mon oreille. Tu te souviens de tous ces rêves cochons que tu faisais de moi quand tu étais enceinte d'Astrid ?

Je pose mon front contre le sien. Comment pourrais-je oublier ?

– Oh, je m'en souviens. Je me souviens aussi que le médecin nous a donné des conseils sur les positions.

– Ouais, nous n'aurons pas besoin de ses conseils cette fois-ci, dit Jace avec un large sourire. Je sais comment satisfaire ma femme.

———

Merci d'avoir lu Vœu Non Consenti. J'espère que vous avez apprécié l'histoire d'Olivia et de Jace.

Vous en voulez plus de la série Mariages Mafieux ? Cliquez sur Vœu Impitoyable pour découvrir une romance torride à combustion lente qui réunit tous vos mafieux préférés de la série !

. . .

Les hommes disent que j'ai été élevée par des Russes, que je devrais être Bratva.

J'ai la réputation d'être l'Italien le plus vicieux et le plus impitoyable du monde. Ils n'ont pas tort.

J'ai assassiné mon patron et volé son trône.

Il a fait de moi la bête que je suis, et je lui en ai fait payer le prix.

Mais il y a une fille que je veux à mes côtés pendant que je dirige la ville.

Le seul problème, c'est qu'elle est russe et la petite sœur de mon ennemi. Elle est innocente, naïve, et n'a aucune idée de ce que j'ai l'intention de faire à sa famille.

Nous sommes en guerre contre les Bratva...

Ils ont menacé nos femmes, nos enfants et ont tenté de brûler nos maisons. Ils ont poursuivi notre organisation, volé nos cargaisons, et nous ont forcé la main.

Les dons et nos hommes de confiance doivent se réunir à Chicago pour détruire les Bratva.

Ce bébé secret, torride, à suspense romantique à combustion lente est le cinquième livre de la série

Mariages Mafieux. Bien qu'il s'agisse d'un livre indépendant, il met en scène les mafieux des livres précédents et sera encore plus apprécié si vous avez lu toute la série.

Vœu Impitoyable en un clic !

DONS, LIVRES GRATUITS ET AUTRES GOODIES

J'espère que vous avez apprécié Vœu Non Consenti et que vous avez aimé l'histoire d'Olivia et de Jace.

Inscrivez-vous à ma newsletter Willow Fox

Si vous avez apprécié Vœu Non Consenti, prenez un moment pour laisser un commentaire. Les avis aident les autres lecteurs à découvrir mes livres.

Vous ne savez pas quoi écrire ? Ce n'est pas grave. Il n'est pas nécessaire d'être long. Vous pouvez raconter comment vous avez découvert mon livre : est-ce qu'un ami ou un club de lecture vous l'a recommandé ? Faites savoir aux lecteurs qui est votre personnage préféré ou ce que vous aimeriez voir se passer ensuite.

Merci de votre lecture ! J'espère que vous envisagerez de vous inscrire sur ma liste de diffusion pour recevoir des livres gratuits, des promotions, des cadeaux et des informations sur les nouvelles parutions.

À PROPOS DE L'AUTEUR

Willow Fox aime écrire depuis qu'elle est au lycée (il y a bien longtemps). Ses romances de petite ville reflètent la vie dans une petite ville de l'Amérique rurale.

Qu'elle écrive des romances ou qu'elle s'assoie près d'un feu de camp pour lire un bon livre, Willow aime la magie des mots écrits.

Elle rêve d'être emportée par le vent et espère le faire pour ses lecteurs !

Visitez son site Web à l'adresse suivante :

https://authorwillowfox.com

AUSSI PAR WILLOW FOX

Aigle Tactique

Révélation : Jaxson

Furtif : Mason

Dissimuler : Lincoln

Clandestine : Jayden

Mariages Mafieux

Vœu Secret

Vœu Captif

Vœu Sauvage

Vœu Non Consenti

Vœu Impitoyable

Frères Bratva

Boss Brutal

Boss Vicieux

Boss Possessif

Boss Obsessif